ふるさと四季のまつり

国本親正
Kunimoto Shinsho

文芸社

目次

ふるさと四季のまつり

一、どんど焼き（一月）

関東平野を北に進んで行くと、那須連山そして鶏頂山から日光連山、赤城山、妙義山と関東山地の高い山並みを遙かに臨む一角に、海抜四、五百メートルほどの小高い山並みが続く地区がある。その山を背負うようにいくつかの集落が点在している。

数十軒の集落もあれば十数軒の集落もあり、山懐の奥の方には肩を寄せ合うように七、八軒の家が軒を並べているだけの小さな集落もある。人々は農業で生計を立てていて、各集落の前に広々と広がる田畑が貴重な生活の糧となっている。村道が中央の十文字から、各集落へうねるようにつながっている。

集落は　一、二、三、四区と区分けされている。年中行事を行う時は各区の長老たちが集まって話し合いをして、大人たちが行なうもの、青年団に任せるもの、合同で行なうものなどを決めていく。

夏は、関東平野で暖められた空気が水蒸気となり、それが高い山の上で冷やされて積乱雲となり、毎日のように夕立や雷が襲った。

冬ともなれば、雪は年間に何度も降らないが高い山からの吹きおろし、名高い「北関東の空っ風」が強い。十一月に入ると気温もぐんと下がり、氷点下になる日もめずらしくない。遠くの高い山並みの頂上は雪で覆われる。

こんな気候の厳しい地方であればこそ、人々は、毎年行なわれる春夏秋冬の祭りを大事にし、何より楽しみにしている。

正月七日、七草の日に武坊が遊びから帰ってくると、母ちゃんに言いつけられた。

「兄ちゃんと一緒に田中の川端に行って、合歓《ねむ》の木とってこ」

「兄ちゃん、いねいもん」

「前の家にでも遊びに行ってっぺから、探して早く行ってこ」

武坊は何を取ってくるのかわかっていたので、納屋に行ってノコギリとハサミを持って走り出して行った。

三十分ほどすると兄弟で合歓の木を五、六本担いできた。「母ちゃん、このくらいでいいけ?」と言って、取ってきた木を土間に置いた。

家では、父ちゃん、母ちゃん、兄ちゃんたちが、囲炉裏を囲んで赤と白と桃色の団子を丸めて作っている。

「勉、そこの大きいのを台所の火の神様用に、それと小さいのを三つ作って大神護様、井戸の神様、氏神様用に飾れるようにかっこよく作ってくろ。前年のこったから、そのくれいはわかっぺ。武、お前は兄ちゃんに教わりながら、作った団子を木の枝に刺していけ」

武坊はこの団子刺しが楽しくてたまらない。小さな枝の先に一つずつ団子を刺していくと、枝が花を咲かせたようにきれいになる。出来上がった飾り物は、一年中お世話になる火の神様、水の神様、氏神様、大神護様に供えていくのである。

この地方では、この時期、午後三時ともなれば山おろしが吹き、気温は氷点下五~九度ぐらいまで下がる時もある。家の中にいても寒く、団子を丸めるのにも手が凍えて、指先に息を吹きかけながらしなくてはいけないくらいだ。それでも、家族は楽しそうにうきうきしながら作っている。武坊は指の冷たさが少しも辛いとは感じなかった。

七草も過ぎ､学校も三学期に入りやっと正月気分もおさまった一月十三日の朝、武坊は、二、三日前に降った雨が昨夜からの冷え込みで道路や田んぼにたまった氷の上を滑りながら学校へ向かっていた。

「おーい、武坊」と後ろの方から呼ぶ声がした。

振り返ると、中学生の利兄ちゃんが手を振りながら走ってくる。武坊は利兄ちゃんが近づいてくるのを待った。利兄ちゃんは、

「お前小さいから、学校からけえるのが一番早いだろう。十文字のところでみながけえってくるのを待っていて、家にけえったらすぐにここに集まるように言ってくれっけ」

と言いつけ、足早に中学校に向かっていった。

その日の夕方、小学生や中学生が言われた通りに十文字に集まった。一番大き

い利兄ちゃんが、指令を発した。

「みんな集まったけ。そうしたら、みんな知ってると思うけど、明日学校からけえったら各家庭の門松や御供物を手分けして新宅の田んぼまで運んでもらうぞ。雄三は、お前ん家《ち》のリヤカーを持ってきてくれっけ。それで大きなものを運ぶから。ちっこいお前たちは神棚とか氏神様とかの飾り物を運んでくれ。早くしねいと暗くなっから急いでやってくれ。わかったか、武坊」

　武坊は小さな頭をコクンと下げた。

　その日の夕食時、ご本家（武坊の家、本宅とも言う）に青年団の兄ちゃんや姉ちゃんたちが集まってきて、囲炉裏を囲んで話し合いが始まった。

「去年は正ちゃんところのだったべ、そうすっと今年は智男さんところだけど、どうで（どうだい）、手頃な杉の木あっけ」

「あの道路脇のはどうで？」

「あれは少し太かっぺ」

「竹薮の境のはどうで？」

「ああ、あれならいかっぺ。四、五メートルくらいあっから」

武坊は炬燵に入って青年団のみんなが話しているのを聞いている。明日が来るのが待ちどおしくてたまらない。

「じゃ、今年は智さんお願いできっけ」

「いがっぺ、早速明日あの木に御神酒を上げとくべ」

「それから田んぼは新宅でよかったけ?」

「うん、おれんとこでいいぜ」

「子供たちも明日学校から早くけえってきて飾り物を集めて引っぱってくるって言うから、おれたちも昼過ぎぐらいから準備にかかっけ。どうで?」

「それでいかんべ」とみんなが賛成して話し合いはすんだ。

一月十五日の昼過ぎ、青年団の人たちが三三五五新宅の田んぼに集まってきた。

そこへ、智兄ちゃんが大きな杉の木をリヤカーに乗せて運んできた。

「どの辺りに立てたらいかっぺ」

「そうだね、今夜は風が北向きだべ。だから家の方に火の粉が飛んじゃあ危ねいから、なるべく南端の方がよかっぺ」

一人が南端の方に飛んでいく。

「どうだえ、この辺りに立てたら」

「あー、いかんべよ。じゃあ、二尺ほど掘ったら大丈夫だよね」

青年団の人たちが二～三人で田んぼに穴を掘り始めた。

武坊は学校が終わると一目散に家に帰り、「ただいま」と言うが早いか家の中にカバンを放り投げて田んぼに行こうとした。「こら、武。カバンをちゃんと机に置き宿題をやってから行け」と母ちゃんに言われたが、そんなものは耳には入らずもう門先まで駆けていっている。

そのうち小学生や中学生の兄ちゃんたちが学校から帰り新宅の田んぼに集まってきた。すると青年団長の毅兄ちゃんが、

「みんな集まったか」

「だいたい集まったべ」

「穴は掘り終わったけ」

「このくらいででいじょうぶかね」

「よーし、いかっぺ。御神酒と清めの塩はそろってっけ?」

「あいよ」

と一人が団長に渡した。受け取った団長は田んぼに掘った穴の中に御神酒と清めの塩をまき、両手を合わせて今年一年この地方のみんなが健康で暮らせるようお祈りをした。

「茶飲みはあっけ」

「ここに用意してます」

「じゃ青年団のみんな一つずつ持ってくれ」

みんなに茶飲みが行きわたったのを見てから、団長が御神酒を注いで回り、最後に自分のに注ぎ、

「では乾杯」

一口飲んで残りの酒をこれから穴に立てる御神木にかけた。ほかの者も一斉に

かけ、全員で掘ってあった穴の中に御神木を立てた。倒れないように田の土を埋めていき、周りを固めた。

田んぼの中に一本杉が立つと、各家庭から集めてきた松や竹など大きい物から杉の木の周りに立て、倒れないように一度縄でぐるりと巻いた。次にだんだんと小さい飾り物を添えていき、最後に火の回りがよくなるように稲藁や麦藁を巻きつけ、風で飛ばされないように何重にも縄を巻きつけた。どんど焼きの出来上がりである。

「よーし出来上がった」

見ると周りはもう夕闇に包まれていた。遠くの方を見渡すと、あちらこちらに各集落のどんど焼きができている。子供たちは、楽しそうにどんど焼きの周りを跳ね上がりながら駆け回っている。

「今晩七時に火をつけっから、それまでに家にけえって晩ご飯すましてこいや」

と団長が言い、最後に帰りかけたみんなの誰に言うでもなしに、つけ加えた。

「おーい、誰か、おれと智さんに晩ご飯と酒とつまみを持ってきてくれ」

武坊は家に帰るやいなや、

「母ちゃん早くご飯にして」

もうご飯を食べるのももどかしいくらい、早く田んぼに行きたくてたまらない。

「そんなに慌てなくてもどんど焼きは逃げねいよ。それより早くご飯食べっちまえ」

みんなでどんど焼きの出来ぐあいなどの話をしながら、夕食をとっている。少したってから、頃合いを見て、

「父ちゃんそろそろ行くべか」

「ああそうだな、それじゃ準備始めるか」

そう言って立つと両親は台所や神棚に飾ってあった合歓の木に刺してある団子を下げてきて枝ごとに切り取り、兄弟たちに一本ずつ渡した。

「いいか、今年も病気もしないでみんな幸せに暮らせるように祈りながら、よく焼いて食べるんだぞ」

武坊は一本もらうやいなや、

「先に行ってっから」

「暗いから足元気をつけねいとだめだぞ」

母ちゃんが叫ぶのも聞かずに夜道に駆け出した。田んぼに着くと、青年団の一人から声をかけられた。

「武坊早いな、晩ご飯食べてきたのか」

「うん、食べた」

「ほんとか、さっきけえったばかりだぞ」

「ほんとだってば」

そんな話をしていると、各家庭から団子を持ってみんなが集まり始めた。

もう七時近くになっていた。団長は周りを見渡し、

「ほとんど集まったようだな。そろそろ火を入れっか。御神酒と清め、それに青年団はそれぞれ縄の束を持ってくれ」

そう言うとどんど焼きの周りにお酒をまき、清めも副団長が続いてまいた。一回りしたところで、

「長老お願いします」

と声をかけると、長老はどんど焼きの西北から南東の方（朝日の昇る方）に進み出て清めの酒を口に含み、それをどんど焼きに一気に吹きかけた。

「団長マッチを」

団長がマッチを出して、特別に作ってあった縄束に火をつけた。続いて団員たちがそれぞれに持っている縄束に火をつける。

（あんなまどろっこしいことやってないで、早く火をつけてくんねいかな）

子供たちは待ちどおしくてたまらない。すると、

「よーし火をつけろ」

団長のかけ声がかかった。火のついた縄束を持っていた団員たちは、一斉にどんど焼きの裾の方に小さく開けてあった穴に差し込んだ。裾の方は麦藁と稲藁の束で覆われているので、見る見るうちに火は燃え盛ってゆく。

「ワァー」

子供たちは、喚声を上げ、躍り上がりながら火の周りを走り出した。

「こら、あぶねえから駆けたらだめだ」

そんなことを言われたって、子供たちはじっとしてはいられない。めいめいにわけのわからないことを言いながら、大声を出して騒いでいる。もう楽しくってたまらないのだ。

火はだんだんと大きく燃え上がり、次々に奥の方へと移っていく。すると突然「パーン、パーン」と大きな音がした。門松に飾ってあった竹が割れたのである。

近くで見ていた子供や大人たちが一斉に後ろに下がった。

「ほら、あぶねえから竹が燃え終わるまで少し火から離れていろ」

団長が大きな声をかけた。

もうこの時間になると気温は氷点下になっている。見ると大人も子供も、ほっぺたが燃え盛る火の明かりで真っ赤になっている。

「よーし、そろそろあぶってもいいぞ」

竹の弾ける音がなくなった頃、団長が言った。

「母ちゃん、おれの団子持ってっけ」

「ほら、ここにあっぺな」

武坊は、母から団子を受け取ると、同級生の女の子に声をかけた。

「良ちゃん、ここで焼いたらいいよ」

良ちゃんは武坊のそばに来て団子を焼こうとしたが、

「熱くて手が届かないよ」

寒いので頭から襟巻をして、ほっぺたを真っ赤にしながら言った。武坊は良ちゃんの母親に声をかけた。

「おばちゃん、良ちゃん手が届かなくて団子が焼けないんだって」

「あらごめんよ。この子小さいからちょっと無理なんだね」

と言いながら手を延ばして団子を焼き始めた。

「いいか、よく焼きながら今年一年家族みんなの無病息災、家内安全を祈って食べるんだぞ。たくさん食べれば食べるほどご利益があっからな」

団長は全員に聞こえるように大きな声で叫んだ。

火の近くで焼いていたため真っ黒焦げになっているのもあれば、少し離れて焼いていたため半焼きのもあるが、誰もが熱いので息を吹きかけながらおいしそうに食べている。どの顔を見てもみんな笑っている。

ここに集まっている家族全員が、今年一年の無事を祈っているのであろう。燃え盛っていた火の勢いも最後の御神木まで燃え尽くして下火になってきたが、誰も火のそばから離れようとしない。燃え尽きるまで見ようとしているのである。子供たちも夢中になっていたので、時間がたつのも忘れていた。

「何時だえ」

「九時近くなっぺか」

「おーい、子供たちは遅くなっからもうこの辺で家にけえれ」

団長が言った。

「それから大人たちと青年団は後かたづけを頼みます。今晩は風はあんまりないと思うけど、冬至だでいつ風の向きが変わるかわかんねいから、火の始末だけはきちんとしてくんねいけ。火事でも出したら正月早々縁起が悪いからね」

武坊は、「早くけえれ」と母ちゃんに言われたが、まだ帰る気持ちになれない。

二、三人でその辺をうろうろしていると、
「早くけえれと言ってんのがわかんねいのか！」

　どこかの大人が声を荒げた。武坊たちは言われた人の方を見て「あかんべー」をしてみせたが、暗いので誰も気づいてはいないだろう。それで仕方なく暗い夜道を家路についた。

二、初午（梵竹《ぼんぜん》祭り・五月）

「さぁー、そろそろ行ってくっか。でも、お前は邪魔になっから来んじゃねえぞ」

苗代に水を張り種もまき終わった四月上旬の夕食後、集落の寄合所で青年団の人たちが梵竹祭りの話し合いをしに集まる時間が迫っていたので、昌彦が食事を早めに切り上げて出て行こうと支度をしている時の会話である。母ちゃんが聞いた。

「どこさ行くんだ、武」

「しょんべん」

と武坊は言って外に出ると、そのまま寄合所に向かって走り出した。

外は暗いがいつも通っている道だし、少し月明かりもある表の通りに出れば寄合所の明かりも見える。

息を切らしながら寄合所にたどり着き、窓ガラス越しに中を見ると大方の青年

団の人たちがすでに卓袱台《ちゃぶ》を囲むようにして雑談をしている。

昌彦は武坊が窓の下に隠れているのに気づかず、寄合所に入っていった。

少したつと、青年団長の毅兄ちゃんが入ってきて一番奥の上座に座った。

「今晩は夜遅く集まってもらってすみません」

そう言ってから話を切り出した。

「どうだえ、今年はどのくらい、来てくれっか聞いてっけ？」

「そうだね、まず一区から四区までは必ずくっぺから、その後何本くっかだね」

「去年は子供の物も含めて全部で八本上がったべ」

「去年は子供たちのはどこだったたっけ？」

「一区と四区を上げたから今年は一区と二区になるんじゃねいけ？」

「そうすっと、大人用をあと二本をどこかに頼まねいとえけねえね」

「昌さん、岩田か高山の青年団に頼んでもらいっけ」

「いかんべ、早速明日にでも頼んでみっぺ」

「じゃー、その方は昌さんに頼んだとして今年の竹の番はどこだっけね」

「奈美江さんのところと違ったけ?」

「そうだったかね、いいよ私ん所で」

「よさそうな竹あっけ?　三、四年物がいいんだけど」

この祭りに使う竹は地面に叩きつけて割るので、一年物は柔らかくすぐに割れて弾ける音も小さいから使えないし、古過ぎる竹は逆に硬過ぎてなかなか割れず音も鈍く、迫力がないので三、四年物を使うのが通例になっている。

「あると思うけど、明日にでも男の人たちで選んでもらいればいいんだけどね」

「じゃー、それは明日昼過ぎに何人か集まってもらって使えそうなやつを二、三本候補に選んでおくべ」

「真っすぐに伸びてねいとだめだかんね」

「そこは毎年選んでいるんだから、団長たちにまかすべ」

「ではこの話は決まったとして、次の話題に移っぺ」

「ところで今年は何本割っぺ」

「去年は三本割ったけど農作物の出来があんまりよくなかったから、今年はもう

一本ぐらい増やしてみたらどうかね」

「そうだね、特に米の出来が例年に比べて悪かったからね。少し多めにしてまっと細かく割るようにしねいと駄目かもしんねいね」

この祭りはこの地方に古くから伝わる祭りで、毎年五月の最初の丑の日に、その年の豊年満作と五穀豊穣を祈って行なわれる。山の頂にあげる梵竹が細かく割れれば割れるほど、その年の農作物の出来がよいという言い伝えがある。

「こらー、そこにいるのは誰だ！」

いきなり外に向かって誰かが声を出した。少しガラス戸を開いて中の話を窺っていた武坊は、とっさに地面に体を伏せた。

よく見ると、武坊が見ていた反対側にも二人が中をのぞき込みながら話をしていた。ガラス戸の下半分は曇りガラスになっているので、地面に体を伏せた子供たちは中からは見えなかった。いきなりガラス戸が開き、昌彦が顔を出した。

「武、おめえ来んなって言っただろう。早く家さけえれ」

叱られた武坊と友達二人は、話の続きを聞きたかったが、仕方なく寄合所を後

にした。子供たちが帰るのを見極めてから、打ち合わせが再開された。

「一区のは当然だけど、あと三本はどこのにすっぺかね」

「去年は三区と磐田だったから、今年は高山地区が賛成してくれるなら、二区と四区と高山さんのところに頼んだらどうだんべ」

「昌さん、悪いけどさっき頼んだのと一緒にこれも頼んできてもらいっけ?」

「これでだいたいの話は決まったとして、今度の日曜日に各地区の代表に集まってもらって細かい打ち合わせをしたいと思うけど、みんなも昼過ぎに集まってもらいっけ?」

「ああ、かまわないよ」

武坊は、家に帰るなり母ちゃんに聞かれた。

「武、どこに行ってたんだ」

武坊は、(知っていたくせに)と思いながら答えた。

「寄合所だ。兄ちゃんに見つかって怒られちゃった」

「だから行くなって言ったんべ。もういいから早く寝ろ」

母ちゃんに諭されて、奥の座敷に行って布団に潜り込んだ。

寄合所で青年団の話し合いがあった次の日曜日、本宅（武坊の家）の十畳間と八畳間をぶち抜き卓袱台を並べた座敷に、一区から四区、それと磐田に高山地区の長老と青年団団長と婦人部長が集まっていた。

まず祭司役の武坊の祖父が、挨拶をする。

「お休みのところ集まってもらってすみません。早速ですが、今年の梵竹祭りの話し合いをさせてもらいたいと思います。その前に磐田さんとこと高山さん、今年も参加していただきましてすみません。毎年、無理ばっかり頼んで」

「いやいや、こちらこそお誘いくださいまして恐縮に思うのと、ありがてえと思っています。梵竹を奉納して今年も農作物の出来がよければ、こんなありがてえことはなかんべね」

「そう言ってもらえれば一番うれしいんだわ」

「では本題に入っぺ。梵竹の方はこの間、青年団で決まったみてえだから省くとして、今年はどんな芸人を呼んだらよかんべね、去年の例を言うと漫才師が一組、腹話術師が一組、手品師が二組に歌い手二人を呼んで、だいたい予算内では収まったみてえだが、そうだったな団長」

「はい、長老の言う通りです」

「村の踊り手や歌い手もたくさん出るので、今年もそのくらいでいいんじゃねいけ。どうでみんな？」

「それでえいんじゃねえの」

と何人かが答えた。

「よーしと、それは決まりとして、では各地区から男女一人ずつ出してもらいたいんだが、いいかね」

「それは毎年の決まりだべ。各地区の長老か青年団の団長に、人選を頼べばえいんじゃねえけ」

「みなさん、お聞きの通りです。いろいろと大変と思うけどよろしく頼みます」

そう言ってから、「おーい、酒の用意は出来てっか」と囲炉裏にいる女衆に声

をかけた。

「あいよ、もうそろそろだと思って酒も酒の肴も全部そろっているよ」

「じゃ、こっちに持ってきてくれっけ」

「あたしたちも手伝います」

と婦人部の人たちが立ち上がろうとしたら、

「かまあねえからそこに座ってろ。今、母ちゃんたちが運んでくっから」

そうこうしているところに、ビールに熱燗の入ったお銚子と手作りの酒の肴が運ばれてきた。

「母ちゃん、おれなんかのはねいんけ」

武坊が聞くと、

「そう言うだろうと思ってこっちに少し分けてあっから、兄ちゃんたちと一緒に仲よく食べれ」

と何品かを皿の上に載せて武坊たちのところに持ってきてくれた。

（大人ってなんでこんなにうまいものが食べられるんだろう）と思いながら食べ

始めた。

　大人部屋では、

「何にもないけど一杯飲みながら雑談とすっぺ」

「ところで今年も美っちゃんは出てもらえっかね」

「さぁー、どうだか。昨年嫁に行ったんべ。来てくれっかどうだかわかんねえぜ」

「そんでもよ、美っちゃんの声を聞かねえと演芸が始まんねえぜね」

「どこに嫁に行ったんで？」

「高山の雑貨屋のせがれんとこだ」

「何だ、お前んとこに行ったのか」

　と高山の青年団長に声をかけると、団長は照れくさそうに、

「へい、あっしのところなんです」

「じゃー、話は早いや。お前さん、美っちゃんを出さなかったら今後一切つき合いしねいからな」

　と冗談交じりに長老が言った。

「はい、わかりました。必ず出させるようにします」

「しかし、いい嫁っ子もらったな。あんな働き者、ほかにはいねいぜ」

「器量もいいしな」

「あんまり責めないでくださいよ」

「ワッハハッハ、照れてやがんの」

「ところで、去年三区から出たあの若造、あれは今年出してくださんなよ。あんなのに歌われたりしたら、周りの人が迷惑すっからよ」

「そうだ、あれには参ったなあ。あれでも本人はうまいと思っているんだから、始末におえないよ」

　武坊たち兄弟は大人たちの話を聞いていたが、「いつまでも大人の話なんか聞いてねえで、もう遅いから寝ろ」と母ちゃんに言われ、渋々奥の座敷に入って行った。


　祭りの二日前、本宅の庭に奈美江さんの竹藪から孟宗竹が二本運ばれてきて、予めそろえてあった台の上に並べられた。一本は大人用、もう一本は子供用だ。子供用は大人用より少し細い。竹の長さは大人用が十メートルぐらい、子供用が八メートルぐらいで、根の切り株のところは根をつけたまま三十センチぐらいの玉状に切り落とし形を整える。

竹には約七十~八十センチ間隔で一メートルぐらいの縄を竹を挟んで両方に結《ゆわ》えつけ、竹の先端には真竹一・五メートルの長さの物を結えつける。結えつけられた真竹の先端には半紙を幅二センチくらいに切り、幣束《へいそく》状にしていくとそれが一メートルくらいの長さになる。それを真竹の先端に結えつけていき、だんだん大きくして三十センチほどの大きさにまでして梵竹の出来上がりである。それを大人用と子供用の二本、作り上げる。

祭りの前日には、青年団の男女が、山の中腹の広場の少し上にある平らなところに舞台櫓《やぐら》を組み立てていく。

周り四隅に丸太を間口三間ぐらい、奥行きは二間ぐらいに立てる。前の方を三メートルぐらいの高さにし、奥の方を二メートルぐらいの高さにする。丸太を渡

して結えつけ、横と奥の方に筵を垂らす。一番奥の方の筵一枚は、脇に人が出入り出来るように布地を垂らして舞台の出来上がりだ。楽屋は奥の筵の裏側に別に部屋を作る。

今年の初午《はつうま》は五月七日。この日は小学校も中学校も休みになり、子供たちはもちろん、老若男女にかかわらず村中を挙げて、楽しみにしている祭りだ。子供たちは、何が楽しみかというと、山の中腹の広場に町からやってきた露店がたくさん並ぶからである。

当日、司祭者たちは、朝の暗いうちから火や炭をおこしたりと忙しそうに準備をしている。朝早く、本宅の庭に置かれていた梵竹は、雨が降っても濡れないように被されていた布がはがされた。二本の梵竹が、少し離れて田んぼの真ん中を通り、道の十文字に運ばれて行く。そこに一区の青年団の梵竹が置かれ、その後ろに子供用の梵竹が並べられる。その後に二区、三区、四区そして磐田、高山と次々並べられ、最後に子供用のもう一本が並び、出発の間を待っている。

二区の梵竹の先端は麻縄、三区のは縄紐、四区のは筵を細く切った物にしている。もっとも目立つのは磐田のもので、金紙と金糸を束ねて一段ときらびやかだった。

午前九時過ぎ、紋付き袴に白足袋、雪駄で身を固めた長老が、おもむろに十文字に現われた。

「準備は出来てるか？　全員そろってるか？」

と周りを見回して声をかけた。

「はい、出来ています」

青年団長が返事をした。

梵竹の前と後ろは体が頑丈の人が担《かつ》ぐ。担ぎ手は腹には晒《さらし》を巻き、頭にはねじり鉢巻き。担ぎ手は両肩に、小さな座布団を紐でくくりつけ、真ん中に皮を縫いつけ皮膚が擦り切れないためにあてがい、その上に法被を着て紐でくくり、下はふんどしを締め、その上に真っ白なパンツを穿き、足元は地下足袋である。

漕《こ》ぎ手の青年団も同じ衣装だ。子供用の担ぎ手と漕ぎ手は子供だが、大人と同

じ衣装で身を固めている。

子供用の梵竹用には、前と後ろに中学生の中でも体が大きい者が二人ずつ選ばれる。梵竹が相当に重いので、予備に前と後ろに一人ずつつく。一人では到底、長い時間担ぎきれないからである。

漕ぎ手は、小学校の高学年と中学生の中から予め選ばれていた十人が当たる。残された子供たちは中学生が大人用の弁当を、小学生は子供用の弁当担ぎをする。弁当も各自が家から風呂敷に包んで持ってくる者もいれば、麻袋とか竹の皮に包んでくる者もいる。弁当持ちは真竹を一・五メートルほどの長さにしてそこに弁当を吊るす。それを大人用、子供用と別々にして二人で担いで梵竹の後についていく。

五月最初の丑の日は端午の節句でもあるから、この祭りには女性や女の子は一切かかわることは出来ない。一切を男のみで取り仕切らねばならない。

花火が山の中腹辺りから三発続けて打ち上げられ、村中に響き渡った。

村人は始まるのが待ち切れないのか、朝暗い内から起きて弁当を作ったりしている。弁当が出来たら、家族全員そろって、先を争って山の中腹に登って行く。梵竹のよく見える所の場所取りのためだ。

「よーし、始めるぞ。団長、御神酒と清め」

と長老が声をかけた。予め選ばれていた子供二人が梵竹の前に注連縄《しめなわ》を持って座っていたが、長老のかけ声と同時に立ち上がりその注連縄をピーンと張った。長老は団長が持ってきた御神酒をお猪口《ちょこ》に注ぎ、口に含んでから一気に注連縄と梵竹に向かって吹きかけた。それから、小皿に載せてある清めの塩を指先で少しつまんで、三回お祈りをしながら五穀豊穣と子供たちの健康を祈願して清めを振りかけた。

　さらに青年団の担ぎ手と漕ぎ手の一人一人に清めを手の甲に置き、湯飲みに御神酒をついで回る。

「それではみなさん、今年もがんばってください」

　担ぎ手と漕ぎ手は、長老の合図で最初に清めを少しなめ、それから一気に御神酒をあおり、「うぉー」と梵竹を担ぎあげ、鬨《とき》の声を上げた。

子供たちはお酒を飲めないので清めの塩だけが渡され、それをなめることで儀式に参加したことになる。

長老はおもむろに梵竹の前に立ち、「鎌！」と声をかける。傍にいた若衆が鎌を差し出すと、「ジャッ」と言って二人の子供が持って張っていた注連縄を「えーい」と一気に切り裂いた。

同時に、

「ワッショイ、ワッショイ」

と一区の梵竹を青年団が担ぎ上げその場で二、三回もみ、それに続いて地面に置いてあった子供用や他の梵竹も各地区の人達によって担ぎ上げられ一区の梵竹が、山の社に向かって歩き出した。続いて子供の梵竹が続き、その後ろにそれぞれの梵竹がついていく。

しばらくは担いだまま歩いて行き、一の鳥居に差しかかる。軽く梵竹をもみながら通り抜けて、今度は山の中腹の二の鳥居に向かっていく。

なだらかな山道を歩いて行くと急に開けた場所に出る。その右側が今日これから行なわれる祭りのハイライトとなる場所だ。幅は約三十メートル、長さ四十〜五十メートルの坂道が山に向かってあり、その奥の左側に二の鳥居がある。

　両側には、朝早く町から来て準備をしていた露店がびっしりと軒を連ねて、売り子たちが忙しそうに働いている。

　村人たちは、坂道の両側に重なり合うように群がり、坂道の下の方を見ている。その時、梵竹を担いだ一区の青年団が現われた。

「ワァー」

　と群衆から喚声があがる。

　梵竹を担いだ青年団は坂の上の方を向いて一度立ち止まり、担いでいた梵竹を地面に置き、山の社に向かって全員が一礼すると、「そーれ」と団長のかけ声を合図に、梵竹は再び担がれもみながら二の鳥居に向かって、

「ワッショイ、ワッショイ」

　と、大きな声を張り上げながら登って行く。もまれた梵竹が上下に大きく揺れるたびに、先につけられた白い紙がちぎれて、辺りに飛び散る。群衆はその飛び

散る白紙を見てまた喚声をあげる。

青年団はもみながら二の鳥居の近くまで行くと、今度は最初に来た山道まで一気に駆け下りる。

大の男たちが怒涛の声をあげて駆け下りると、今度は担ぐのをやめて、梵竹の節々に結えつけてあった縄をめいめいが持ち、一度梵竹を大きく上に跳ね上げると思い切り地面に叩きつける。そうしながら板道を上り始めた。地面に叩きつけられた竹は、大きな音を立てて割れる。

パーン、バーン。

同時に細かい竹の割れ端が群衆に向かって飛んでいくが、誰もそれを避けようとはしない。むしろ飛んできた割れ端を我先に取ろうとする。これをたくさん取ると、今年の収穫が多くなるとの言い伝えがあるからだ。

青年団は群衆の動きにはお構いなしに梵竹を叩きつけながら、上まで上りまた駆け下り、かと思うとまた登っていく。叩きつけられた梵竹が粉々に割れるまで何度も繰り返す。割れれば割れるほどこの年の実りが多いとされるので、つい力が入る。何度かやっているうちに、全員が汗びっしょりになってくる。すると群衆は、柄杓《ひしゃく》で酒をかけながら、「兄ちゃんがんばって!」などと声をかける。

梵竹が細かく割れるほど豊作になると言われるが、五回までしか繰り返すことは出来ない。割られた梵竹は二の鳥居の前で長さ一メートルぐらいの束に丸められ、四人に担がれて山頂の社に向かう。少し上ったところに小さな滝があり、その脇に祠《ほこら》がある。そこで一人一人が滝で身を清め、祠に供えてあった御神酒を頂き、それから一気に山頂の社に向かって駆け上り梵竹をお供えする。

一区の行為が終わると次に子供用の梵竹が続くが、これは割らずにもみながら二の鳥居まで行く。そこで青年団の人に渡すと、受け取った者たちはそのまま山頂の社まで担いで行き、社の傍に立てる。

それが終わると、梵竹を割ってあげる組、割らずにあげる組が順々に広場の前を通って行く。そのたびに群衆がかけ声をかけたり、拍手をしたりして大騒ぎになる。

梵竹を全部山の頂きに納め終わると、今度は山の中腹に作られた舞台の上で余興が始まる。梵竹の通り道になっていたところも青年団の人たちが竹の破片をきれいにしてくれているので、そこに筵を広げて、朝早くから母ちゃんや姉ちゃんたちが作ってくれた弁当やおかずを広げる。家族全員が集まって大人は酒を飲み、子供はジュースなどを飲みながら、町から来た芸人たちの余興を見たり、また近所の知り合いの人が出れば、大きな声を出したり手ぬぐいを振ったりして声援を送ったりしている。

「母ちゃん、お金」

「何すんだ？」

「何でもえいから早くくろ」

　武坊は弁当などそっちのけで、広場の両端に並んでいるお店に行きたくってしようがないが、金をもらわなければ行けない。何を買うあてがあるわけでもないが、金をもらうと一目散に駆け出して行った。しかし広場の両方の店を行ったり来たりして何を買うのか迷っているらしく、なかなか戻ってこない。

　広場では大人たちがだんだん酒も入り、騒がしくなってきた。舞台の上で余

興をしている芸人に向かって、

「おーい、もっと面白いのが出来ねいのか」

「おお、おお、ねえちゃんきれいだぞー」

などと声をかけるかと思えば、お目当ての近所の人が出れば、

「いいぞ、いいぞ、芸人なんかに負けんなよ」

そうかと思えば、

「おめえ、今年もまた出たんけ。おめえの歌は聞きたくねいから早く引っ込め」

「美っちゃん、まだ出ねえのか。他の連中はどうでもいいから、美っちゃんを早く出せ。美っちゃんの歌聞かねえとけえれねえぞ」

これから忙しくなる農作業前のひと時を、村の大人も子供もそれぞれに楽しんでいる。

「母ちゃん、そろそろけえっぺよ」

武坊が、どこで遊んでいたのか風船と水飴を持って帰ってきた。母親は、

「そんな時間かえ」

時計を見るともう三時少し前だ。道理で腰の辺りが寒くなってきたと思った。

「父ちゃん、そろそろけえっぺか」

「そんな時間か。おれは後かたづけがあっから、おめえたち先にけえれ。武、おめえ、その辺で道草くってたらだめだぞ。ちゃんと母ちゃんと一緒にけえらねえと」

武坊はそれでも大人たちが後かたづけが終わるのが気になったが母ちゃんと、一緒に家路についた。

三、盆踊り（八月）

田植えも終わり一番二番の田の草取りもすんだ六月中旬、父ちゃんが息子たちに声をかけた。

「直、晩ご飯が終わったら、座敷の唐紙外して卓袱台を四つ並べてくれ。武、お前も兄ちゃんが卓袱台を並べたら、その周りに座布団を並べる手伝いをしろ」

武坊は生返事で答えたが、それでもご飯をすませると兄の並べた卓袱台の回りに座布団を並べていく。

「お晩です、お晩です」

と言って一区の村人たちが集まってきた。

「みんな集まったようだね、そろそろ始めっけ」

父ちゃんが口火を切った。

今晩、この場所に集まった意味を全員が知っている。

「去年は女衆が一番になったべ。男衆たら、まるで踊りになっていねいどころか、そろってもいなかったかんね」

「あれはまずかったね。言い訳するわけじゃないけど、練習する時間が少したりなかったからね」

と青年団長が謝まる。

「婦人部は今年も優勝するようがんばってもらうとして、男衆は少し早めから練習を始めっぺ」

「そうだよ、いつもいつもどんけつの方では女衆に笑われるし格好がつかねいかんね」

「だけど男の人たちって、なんであんなにそろわないのかね」

「そうよね、もっと柔らかく踊ればいいのに、格好つけて踊ろうとするからだめと違うのかねえ」

「そんなにいじめなさんな。こっちだって一生懸命踊っているつもりなんだから」

「じゃあ、今年は男衆が入賞出来なかったら私たちに何かおごってもらおうかね」

「よーし、そこまで言われちゃ男がすたる。みんな今年は女衆にひと泡ふかしてやっぺ」

そんなやり取りをしているところに、

「こんばんは。呉服屋でございます。いつもいつもありがとうございます」

と言って一人の男が大きな荷物を担いで入ってきた。

「どうでえ、今年はえい柄持ってきてくれたけ？」

「はいはい、去年は柄が地味過ぎたと青年団長に言われましたので、今年は少し派手めのものを持って参りましたよ」

「団長、去年は浴衣が地味だったから賞に入らなかったなんて、言い訳をしたんじゃないでしょうね」

と婦人部の誰かが冷やかした。

「誰もそんなことを言い訳なんかにしちゃいねいよ」

「ほんとかねー」

とまた誰かが水をさす。

「よーし、今に見てろ、おめえらに負けねいくらいの賞を取ってやっから」

「いい加減にしろ。言い合っている場合じゃねいだろう。呉服屋さんが困ってるじゃねいか」

「ごめんごめん、話がそれちゃって」

「呉服屋さん、そこの卓袱台の上に何本か並べてもらえっけ」

「へい、かしこまりました」

と言って大きな荷袋を開け、卓袱台の上に浴衣の反物を並べ始めた。

「さっきも言ったように青年団と大人衆のは、去年地味過ぎたから少し派手めの方がいいと思うけど、限度はあっぺよ」

「どうだえ、今年は男も女衆も同じ柄にして、色で分けたら」

「それもいいね」

「女衆の意見はどうだえ」

「みんなそろっていた方がいいと思うけど、どんな柄にすっかが問題だねえ」

「今年も去年と同じぐらいの反数になりますかね」

と呉服屋が尋ねる。

「去年は何反ずつ頼んだっけ？」

「へい、大人衆、青年団、婦人部とそれぞれ二十反でございました」

「呉服屋さん、今から売り上げの勘定しなくてもいいから早く反物を並べてよ」

「これは申し訳ありません」

と言って卓袱台の上に反物を並べ始めた。

「ほうー、いろいろあるね。女の人たちはどんな柄がいいと思うかね」

「私はこの市松模様のが好きだわ」

「ほんと、これきれいね。団長これにしましょう。いいでしょ」

「そうだな。おれたち年寄りには少し派手だけど、若い衆にはいいんと違うか」

と長老が口をはさんだ。

「呉服屋さん、これで決まり。私が決めたんだから、うんとまけてくんないとだめよ」

「はいはい、わかりました。せいぜい勉強させてもらいます」

婦人部長が呉服屋をにらみつけながら、

「本当に安くしてよ」

「わかってます。そんなにいじめないでくださいな」

「それならえいけど、毎年松島屋さんばっかりだから、足元見られてるんじゃないかって思っているの。そうだよね、松島屋さん」

「そんなにいじめなさんな。言わなくたって考えてくれてっぺな」

「ところで青年団の方はどうなんだい」

「それでえいんと違うけ。どうだいみんな」

「えかっぺ、それで」

みんなが言う。

「それで、今年は何人分ずつにしましょうか」

「長老、どうですか」

「多ければ多いほどえいが、青年団も婦人部も何人くれえ集められっか」

「婦人部は二十五人大丈夫よ」

「青年団はどうなんだい」

「町に行ってる連中がけえってくれば集まるんだけど」

「それじゃ早めに連絡して、来てくれるように頼んだらどうだい」

「松島屋さん、そういうことで青年団と婦人部が二十五人ずつ。それに年寄り連中が男と女合わせて三十人分。合計八十人分頼むべ」

「ありがとうございます」

呉服屋が頭を下げた。

「では遅くなりますので、このくらいで失礼します」

「ちょっと待った」

青年団長が声をかけた。

「まだ話は終わってないぜ」

「何でございましょう」

「寸法はどうするんだね」

「これはこれは肝心なことを聞かなくて、申し訳ありませんでした」

「ほれ、ここにだいたいの寸法を男と女、それに大人衆のが書いてあるから、これで作ってきてくれっけ」

「これはご丁寧にありがとうございます」

「それから……」

「まだ何かあるんですか」

「話は最後まで聞きな。全部でなんぼにしてくれるんで？」

呉服屋は算盤を弾き出し、

「このくらいでどうでしょうか」

長老と団長が算盤をのぞき込む。

「松島屋さん、これは少し高いっぺな。これとこれはなしにすっぺね」

と算盤の駒を動かした。

「ああ、そう言えば、さっき女子衆が勉強してくださいと言った時、うんと勉強させてもらいますと言ったのはごまかしけ？」

「いえいえ、本当です。ですから最初っから安くして見て頂いたんです」

その時長老は「団長、それくらいにしときな」とたしなめるが、呉服屋の方を向くと、

「それでどこまでにだったらしてくれるんで？」

呉服屋も苦笑しながら頭をかいた。

「長老にそう言われちゃしょうがねいから、まけにまけてこれでどうでしょう」

「よし、わかった。団長、予算はあるな」

「それぐらいなら大丈夫です」

呉服屋は額にかいた汗をふき取っている。

「ところで、七月末まではできっぺね」

「はい、必ずお届けに上がります。本日は本当にありがとうございました」

と礼を言って呉服屋が帰って行った。

「さぁー、お客さんもけえったことだし、これからは酒でも飲みながらざっくばらんにえくべ。悪いけど酒の用意してもらえっけ」

と長老が婦人部の人たちに頼んだ。

座敷の隅の方で大人たちの話を聞いていた武坊たち兄弟は、慌てて婦人部の人たちが行った台所に走って行った。何かおかずのご相伴《しょうばん》にでもあずかろうとの魂胆だ。

「あんたたちが食べるような物は何にもないわよ」

先に釘を指されたが黙って立っていると、はいこれと二品ほど分けてくれた。

長老は、卓袱台の上に酒や肴が並ぶのを見計らってから、

「今年はどんな踊りにするんだい」

と口を切った。

「婦人部は去年と同じ笠踊りでえいんと違うけ。あれで入賞したんだからどだい」

「そうだね、今年は浴衣も市松模様だし笠踊りでえいんでしょうよ」

「青年団は去年は手踊りで派手さがなかったから、今年は手拭い踊りにしたらえいんじゃないの」

「それがえいや。手拭いも市松模様にしたらえいんと違うけ」

「よし、それに決めよう」

団長の一声で決まった。

「ところで大人衆は何にするんで」

「そうさな、おれたちは賞には関係ねいからゆっくり踊れる手踊りにすっぺ」

これでみんな踊りの型が決まった。

「だけど男衆は、去年みていな練習してたんではだめだかんね」

「そうだよ。練習だと言って寄合所くれれば、酒ばっかり飲んでいて練習なんかちっともしないんだから。あれじゃ賞にははえりっこないよね」

「肝に銘じておりやす。今年はちゃんと練習すっから」

「本当だよ、ちゃんとやんねいとお嫁になんか行ってやんねいかんね」

「こっちが断るよ」

そんなやり取りで一同が笑い出した。

「冗談はそのくらいにして青年団は真剣に練習してくれよ」

長老に言われて団長がかしこまって、

「はい、わかりました。今年は必ず入賞出来るようにがんばります」

「じゃー、七月に入ったら毎晩七時から練習することにしましょうね、お酒は練習が終わった後よ。わかったでしょうか、団長様」

八月初旬の夜、盆踊りの練習をしている青年団や婦人部のところにひょっこり長老が現われた。

「どうでえ、練習ははかどってっか?」

「長老、なんですか、急に現われて」

「下手なおめいたちの踊りが、どのくれい進んでっか見にきてやったんだ」

「心配しなくったって、今年は真面目にやってってっからでいじょぶだ」

「良っちゃん、男たちは本当に練習してっけ」

「はい、長老。私たちがちゃんと目を光らせて練習させてますから安心してください」

「それで、出来はどうなんだい」

「はい、そこそこえってますから今年は大丈夫だと思います」

「長老おれたちのことの心配よりも、大人衆の練習はしなくってもえいんけ？」

「ばかなこと聞くな、何十年踊っていると思ってんだい。一度太鼓の音を聴けばちゃんとみなそろうわい」

「へぃー、そんなもんですかね」

「それよりちゃんと練習してよい成績を取ってくれや。それから、美っちゃん、練習が終わったらこれをみんなに飲ましてやってくれっけ」

　と言ってお酒一本とビール一ダースを置いて帰っていった。

「長老もえいとこあっぺな。なんだかんだと減らず口を叩いていたけど、おれたちのことを心配してくれてっぺな」

「ああいうところが長老のいいとこなんだよね」

「さぁー、もう一度気合いを入れて練習しっぺ。それから長老がせっかく冷たいビールを持って来てくれたんだから、ぬるくならねえうちに頂くべ」

　練習にも力が入る。

七月末までと約束してあった浴衣を、八月に入ってやっと呉服屋が届けにきた。

「松島屋さん、約束が違うじゃねいんかえ」

「どうも申し訳ありません。仕立ての方が遅れましてやっと昨日届いたもんですから」

「遅くなるんだったらそうと早く連絡してくんねいと、こっちにも都合ってものがあっからね」

「いや、私の方もやきもきしていたんですよ。迷惑かけちゃいけないと思って」

「まぁ、いいや。どんな出来上がりになったか見せてもらいっけ」

呉服屋は大きな風呂敷を座敷に広げ始めた。

「おい、誰か婦人部長を呼んできてくれ」

「おれが行ってくる」

と武坊が家を飛び出していった。しばらくすると武坊と一緒に婦人部長の良っちゃんが駆けつけてきた。

「団長、どうですか」

「まぁー、見てくれっけ」

「あら、すてきじゃない。いいわ、これ。みんな喜ぶわよ」

「そう言って頂くと作った方もやりがいがあります」

「これ勘定」

と言って約束の金額より引いて渡した。

「ちょっと足りないんですけど……」

「あっ、悪いけど約束が遅れた分引かせてもらったよ」

「勘弁してくださいよ。あれで精いっぱい勉強させてもらったんですから」

「やっぱりそうか。冗談だよ、はい残り」

隠し持っていた残りの金を渡した。

「肝を冷やしましたよ。帰れないんじゃないかと」

「良っちゃん、一度みんなで着そろいてみては」

「そうね、今度の練習の前にしましょうか。汗をかかないうちに」

「じゃー、そうすっぺ」

「団長、話は変わるけど、博美さん、踊りから外した方がいいと思うんだけど」

「どうしてで？」

「言っちゃ悪いんだけど、見ていてどうしてもあの人だけがみんなと合わないいんだよ」

「だけどお前、合わねいからやめろなんて言えねいぜ」

「長老に見てもらって、博、みんなと合わせられねいなら誰かと代われって言ってもらったら角が立たないいんと違う」

「長老、嫌な役だけど引き受けてもらいっけ？」

「仕方なかんべな、それで代わりいっか？」

「勝彦ちゃんがいるっぺよ」

「だけどあいつ、今年青年団に入ったばっかりだべ。他の連中が何と言うか。それに今から入って間に合うかね」

「あの子なら大丈夫よ。去年踊っているのを見たけど、しっかりした踊りをしていたもん」

「それじゃ、こうすっぺ。青年団みんな集めて二、三回踊ってみて長老の判断で決めてもらうということにしたら」

「それはいい考えだわ、長老よろしくお願いします」

「時間がねいから、明後日に早速決めっぺ。それでいいな」

　こうして青年団の踊り手が決まった。


　盆踊り前日の八月十二日の朝早く、小学校の校庭に各地区の青年団や婦人部の人たちが集まってきた。

「みなさん、朝早くからご苦労さんです。それでは毎年のように役割分担をします」

　村の長老が朝礼台の上から声を掛けた。

「一区と二区は校庭の綱張り、三区と四区は櫓造り、それと婦人部の人たちは提灯つけ、子供たちは校庭の掃除、裸足で踊る人もいるから石ころはきれいに拾うように。わかってっか。それではみなさんご苦労さんだが仕事にかかってください」

校庭の真ん中には、予め用意されていた丸太で櫓が組み立て始められる。四本の柱が立ち一メートルくらいの高さのところに踊り台を作り、三メートルくらいの高さのところに太鼓や鐘、笛やマイクなど鳴り物も載せられるような舞台が作られる。その上の方に拡声器が取りつけられ、舞台の上には屋根がつけられ、舞台が明るくなるようにいくつもの電球が垂らされる。

その舞台の天辺より四方に電線が張られ、その電線に一メートルくらいの間隔で電球が取りつけられ、それら電球に被せて提灯をつける。四方に伸びた電線は校庭の隅に立てられた丸太に結えつけられる。

子供たちは何十人もが横一列になって、校庭に落ちている石ころや木の枝などを拾っている。

「おい、見ろやこんなガラスの割れた物拾ったぞ」

「おれなんか、こんなでっけい石拾ったもん」

などと言いながら一生懸命拾い物をしていく。昼近くなった時に長老が、

「みなさんご苦労さん、もう昼の時間だべ。この辺で一休みすっぺ。母ちゃん方用意してもらいっけ」

と、手伝いに来ていた地区の母ちゃんたちに声をかけた。

朝礼台の周りにおにぎりとお茶やお菓子、漬け物などが運ばれてきた。大人たちにはお酒も出され、子供たちにはジュースが出された。

「思ったより早くできたんと違うけ」

「そうだねや、昼食べたらマイクとお囃子の調子を試してみっけ」

「歌い手の美っちゃんは来てっけ?」

「さっきその辺にいだっぺよ」

「鳴り物の連中いっけ?」

「でいじょうぶだ。毎年やっている大人たちがいっから、練習は出来っぺよ」

「ほんなら、飯食った後でやってみっか」

そんな話をしながら、和気あいあいと昼飯を食べている。昼食が終わるとだい

たい出来上がった舞台や飾りつけの最終チェックをしてから、本部用のテントを張り、準備の終わりだ。

武坊は家に帰ると、母ちゃんから言われた。

「武、お客さんがたくさんくっから兄ちゃんと一緒にせいふる（お風呂）と手水場（トイレ）をきれいに掃除しとけ。それからせいふるに水も張っとかねいとだめだぞ」

風呂用には、井戸水を汲むのだ。水が冷たいため、前日に汲んで張っておかないと沸くのに時間がかかるからである。

母ちゃんとねいちゃん（兄嫁）は、明日来るお客のために一生懸命料理を作っている。

盆踊りは八月十三日～十五日までの三日間、連夜にわたって夜七時より子供たちは九時三十分まで、大人たちは十一時まで繰り広げられる。とくに若い人たちは、この夏の夜の三日間に、普段ありあまったエネルギーを注ぎ込む。

各地区から集まる踊り手たちはそれぞれに浴衣の柄をそろえて、男たちは団扇を腰に差し白足袋を履いて現われ、女たちはきれいにお化粧をし、髪の毛も手入れして白足袋に草履を履いて現われる。浴衣の柄も裾模様のがあったり真っ白だが背中だけに柄を入れたり、浴衣半分を白と赤に色分けしたりといろいろな凝ったデザインでやってくる。

十三日の夕方、

「行ってきまーす」

と武坊は家を飛び出した。

「こらー、小遣いえんねんか」

母ちゃんが怒鳴った。

門先まで走っていた武坊は、くるりと向きを変えて走ってきた。

「そんなに慌てて行かなくったって、盆踊りは逃げねいからでいじょぶだ」

だがそんなことは耳には入らない。踊りなんかどうでもいいのだ。屋台が校庭の周りにずらりと並んでいる。そこが目当てなのだ。小遣いをわしづかみにすると飛ぶように走っていく。

「子供だねえ。楽しくってしょうがないんだから」

大人たちは早めの夕飯をとり、浴衣に着替えて三三五五学校に足を運ぶ。

十三、十四日はそろいの浴衣は着ない。この両日は個人個人の浴衣で踊り、そろいの浴衣は汗をかくので十五日だけにする。

盆踊り大会のコンテストでは、十五日の夜九時より九時三十分までの三十分だけが審査の対象になる。その時にきれいなおそろいの浴衣を着て、審査員にアピールしたいがためだ。そのため十三、十四日にはどのチームも普段の浴衣を着て踊るのだが、それはそれで面白い。色とりどりの浴衣が櫓の周りを十重二十重の輪を作りながら踊るから、そろいの浴衣とは違った華やかさがある。

十三日は午後五時くらいより民謡などをレコードで流すが、七時になると村長が櫓の上に立ち、マイクで開会の挨拶をする。

「それでは、これから今年の盆踊りを始めます。十五日の本番まで上手に踊れるようがんばってください。今年はどこのチームが勝つのか楽しみにしています」

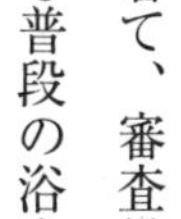

それを合図に櫓の上に待機していた鳴り物が鳴り始め、それにつれて歌い手が歌い始める。「花笠音頭」「真室川音頭」「日光和楽踊り」「東京音頭」「炭坑節」などが次々に歌われ、それにつれて踊っていく。

校庭の縄張りの外側には、各チームが筵を何枚も並べて思い思いに場所を取っている。各家庭から持ってきた料理を並べて酒盛りをしたりジュースを飲んだりして、にぎやかなものだ。

踊りに参加していた人たちも、しばらく踊っては、自分のチームのところに戻ってくる。そこで酒を飲んだりビールを飲んだりしては喉を潤し、びっしょりかいた汗をふき取って、また踊りの輪の中に戻って行く。

八時を過ぎると、遠方から各家庭にお客としてきていた人たちも会場にやってくる。彼らも踊りの輪に加わる人、筵に座って酒ばっかり飲んでいる人、また夜店の周りを冷やかしながら歩いている人と様々だ。

九時を過ぎると、

「子供たちの踊りはこれまでです、遅くなるので家に帰るようにしてください」

とアナウンスされる。だが、帰る子供などいない。夏休みの真っ最中だ。それぞれの家に帰っても誰もいないし、それよりもまだ赤々と電球をつけている夜店が気になってしかたがない。

「母ちゃん、お金」

武坊が手を出した。今までどこにいたのか寄りつかなかったのに、いつのまにか母親の後ろに立っていた。

「さっきやったんべな」

「だって、もうねいんだもん」

「やん（何）にそんなに使ったんだ」

武坊は、手には何も持ってはいない。

「ほら、今日はこれで最後だぞ」

と傍らにいた父ちゃんがお金を渡してくれた。今夜ばかりは気前がいい。

「むだ遣いすんな」

言い終わる前に、武坊は人垣の中に消えていった。

十四日の夜も同じように経過し、いよいよクライマックスの十五日の夜が来た。

学校の校庭は、早い時間からよい場所を取るために人であふれている。縄張りと夜店の間はかなりあるのだが、人がやっと通れるぐらいしか空いていない。夜七時を過ぎると、昨日まではばらばらの浴衣で踊っていた人たちが、各チームごとにそろいの浴衣で現われてきた。どこのチームも、本番に臨む気合があふれている。

一区の市松模様をはじめ着流しふう、裾模様、背中の真ん中で左右の柄が違うもの、背中の真ん中に昇り龍が描かれたものなど、いろいろな出で立ちで自分たちのチームが場所を取ってあるところに集合してくる。まず優勝を誓って乾杯をして、それからおもむろに踊りの輪の中に入っていく。手には花笠を持ったチーム、手拭いを持ったチーム、小さな傘を持ったチームなど、どこも趣向を凝らしてきている。

時間がたつにつれて、だんだんと踊りにも熱がこもっていき、何事も忘れたかのように夢中になって踊っている。

八時五十分になると、ぴたりと鳴り物がやんだ。

村長が、おもむろに挨拶する。

「いよいよ皆様お楽しみの踊りの審査を九時よりいたします。審査の対象にならない人は、これからは輪に加わらないでください。では少し休憩といたします」

審査する村長をはじめ郵便局長、農協の所長、小、中学校校長、役場の幹部、各区の長老などは、今まで本部のテントの中で座って見ていたが、審査をするために朝礼台やその横に並べられた机の上に上がって全員の踊りが見渡せるように移動する。

審査の基準は、花笠だったら全員の笠が一緒にきれいに回っているか、手拭い踊りだったら手拭いが横で回した時にピンと伸びているか、傘踊りだったら腰の横で一列に並んで回しているか、手踊りだったら手を挙げた時に指がきちっと伸びているかなどだ。そのほかにもいろいろと審査の対象になるものがあり、それを審査員一人一人がチェックをして、総合して多くの点数を獲得したチームが優勝となる。全員が同じところを一番とすることはないから、一人の審査員に媚びを売っても上位になるようなことはないので、踊る方は一生懸命になる。それを三十分間踊り続けるのだ。踊る曲目も決まっている。「日光和楽踊り」一曲だ。体力のないところはどうしても最後の方になると輪が乱れてくるので、そこをこらえて我慢したチームが有利になる。

　三十分間の踊りが終わった。

「はい、そこまで」

　村長の声がかかる。

「これから審査に入ります。踊られる方はそのまま続けてください。これからは一般の方もどうぞ」

　村長は、朝礼台を下りて本部に戻り審査にかかった。

　踊った人、応援した人、見ている人、みんなが踊ったり、筵の上で酒を酌み交わして結果を待っている。しばらくすると、

「ただ今より審査の結果を発表します」

進行係が声を張り上げた。

村長が櫓の上に上がり四方を見渡す。

「では、発表します。まず青年の部より。呼ばれたチームの代表は櫓の下まで来て優勝カップと賞状を受け取ってください。

優勝、高山チーム！　準優勝、四区。それから今年はもめにもめまして、三位が二チームあります。一区と三区です。その他のところは、残念ですが今年は賞に入れませんでした。来年は賞が取れるようがんばってください。続いて、婦人の部に移ります。

優勝、一区！　準優勝、高山。三位、磐田。以上であります。特に高山チームは男女とも見事にがんばりました。改めておめでとうございます。これで表彰式を終わります。最終日ですから十一時まで続けますので楽しんで踊ってください」

と発表して櫓を降りた。

賞が発表されるたびに勝ったチームは歓声をあげる。次はうちが入っているんじゃないかと心をときめかして待っているチーム、今年もだめかとうなだれるチーム、そこには七月ぐらいから練習をしているところや、早いところでは六月ぐらいから練習していたところもあり悲喜こもごもである。

「ぜいぶんがんばったんだけど、優勝出来なかったね」

「去年から比べったら少しはえかんべ。三位に入ったんだから」

「だけど、やっぱしあの子、外していかったべや、あの子がいたら賞にも入れなかったかんね」

「そうだなや、良っちゃんの言った通りになったもんね」

「今年は男女ともよくやってくれた。団長、これでみんなを労《ねぎら》ってやってくんねいけ」

と長老がお金の入った封筒を渡した。

「おーい、みんな長老から祝い金を頂いたからお礼を言ってくれっけ」

一同が礼を言う。長老はにこにこして聞き終わると、

「母ちゃん、そろそろ帰っか」

「そうだね、家さ帰ってひと風呂あびっぺ」

「そう言えば武はどこ行ったんべ」

「父ちゃん先に帰ってくれっけ、武を探して後から帰っから」

母ちゃんは祭りの後片づけをしている周りを見渡した。

四、秋祭り（十一月）

武坊は、学校が終わると家には帰らず、一目散に田んぼや竹藪や雑木林を抜けて、息を切らせながら社《やしろ》に向かって走っていく。田んぼのあちらこちらにはまだ稲を掛けて干しておく田棚（稲手掛け）が残っている十一月初旬、すでに村の鎮守様の広場には大人衆が集まっている。

「これで全部そろったけ？」

と村長が辺りを見回しながら言った。誰かが答えた。

「だいたい全部そろったんと違うけ」

村長は石段の上に立ち、大人衆や若い衆（青年団の人たち）は石段の前に筵《むしろ》を敷いて、そこに車座になって座っている。

「では、仕事の段取りを話すべ。鳥居から社に向かって右側に野菜類、左側に穀物類などを並べっぺと思うんだが、どうだべ」

「それでいがっぺと思うんだけど、筵は何枚ぐらい用意したらよかんべ」

「片方二列にして三十枚ずつで六十枚、両方で百二十枚ほど用意してもらいっけ」

「舞台は去年と同じところでよかっぺか」

「同じでよかっぺ。それではこれから仕事の割り振りをします。大人衆は社の周りと広場をきれいにしてもらいっけ、若い衆は鳥居の掃除と鳥居に注連縄《しめなわ》を張ってもらう組と舞台を作ってもらう組、それともう一組は裏の倉庫に獅子舞の道具がそろっていっから、調べてもらって奥の社に運んでもらいっけ。今日はこれで終わります。一週間後まで用意してください。今日はご苦労さんでした」

　と村長が挨拶をして終わった。

　それを見ていた武坊は、智兄ちゃんに声をかけられた。

「なーんだ、武、来てたんか。家にけえってから来たのか?」

「学校から真っすぐ」

「ほんじゃ、母ちゃん心配してっぺな。早くけえっぺ」

　智兄ちゃんに言われて一緒に家に帰っていく。

ほとんどの人たちが帰った後、村長と各区の長老それに青年団長が残った。

「今年の余興はどうすっぺね」

「半分は町から呼んで、半分は村の人たちでやったらどうだんべ。初午と同じように」

「そうだね、その方が村の人たちが、誰がどんなことすっか楽しみになっからいいんと違うけ」

「じゃー、そうだとして町からどんなもの呼ぶかね」

「歌い手は高いから手品師とか漫才師、それに腹話術師とか浪曲師なんかどうで?」

「でも、歌が入んねいと寂しいじゃねいけ?」

「村にも歌のうまい人がいっぺよ。そういう人に頼んだらいがっぺ、たとえば高山の美っちゃんとかほかにもいると違うけ」

「そうだな、予算があんまりねいから、歌い手は村の人に頼んだらどうだえ」

「それで決まりだね。作さん、芸人の方の手配頼んでもらいっけ?」

「知ってっとこがあっから行ってくっぺ」

「村の歌い手は何人ぐらい頼んだらよかっぺね」

「芸人と芸人の間に入ってもらうとして、十人はいっつぉ」

「智さん……あれ、いねいぜ」

「さっき武坊連れてけえったよ」

「ああ、長老がいっからか」

「三区の誠さん、この役引き受けてもらいっけ？」

「あいよ、早速あっちこっち当たってみっぺ」

「これでだいたい段取りは終わったな。それじゃ筵かたづけて、社務所に上がって一杯やっとくれ。宮司さんお願いします」

「ただいまあ！」

武坊が帰ると父ちゃんが縁側に大根、人参、牛蒡、白菜、米、麦を並べていた。

「武、えいところにけえってきた。上の畑さ行って母ちゃんを呼んできてくれ」

武坊は返事もせず畑に駆け上がっていった。

「母ちゃん、父ちゃんが来てくれだって」

武坊を連れて母ちゃんが帰ってきた。

「何だえ父ちゃん、あれー、ぜえぶんそろえたね」

「今度の品評会にどれを出したらえかんべか、見てくれや」

村の鎮守様の祭りは、その年に取れた農作物の品評会も兼ねていた。賞に入るか入らないかで市場に出す値段に差が出来るし、米だったら一等と三等では農協の引取り価格が全然違うので、各農家とも真剣になって選ぶ。もっとも、その家によって得手不得手の作物があり、なるべく自分の得意としたものを選んで出す。

「父ちゃん、今年は例年になく米が少しよく出来たんで、米出してみたら？　それと大根と牛蒡が長くて形がいいからどうだえ」

「白菜もいいと思うんだけどな」

「これはちっこいし、丸みと硬さがないから、出しても無駄だと思うよ」

「母ちゃんがそう言うんならそうすっぺ」

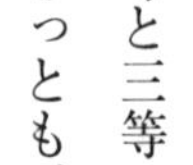

祭りに出品出来るのは野菜が各家庭とも二品まで、米は五升、その他の穀物は一升までと決まっている。

祭り当日の朝早く、父ちゃんは、

「智、そろそろ出かけっから用意してくれっか」

早飯を食べ終いた兄ちゃんに声をかけた。

「大根と牛蒡だねや」

智が用意するうち、父ちゃんは米櫃《こめびつ》から米を篩《ふるい》に掛けて悪い米を拾っている。

「智、大事に扱えよ。傷なんかつけたらてえへんだからな、母ちゃん手伝ってやってくんねえけ」

「大丈夫だ。毎年やってんだし、子供じゃねいんだからそのくれえのことはわかってら」

　そんなことを言いながら、家族で出品する物の準備をしている。

「そろそろ出かけっか。早く行っていい場所をとんねいとな」

出品物をリヤカーに乗せて家族で鎮守の森に運んで行く。

「父ちゃんどの辺りがいがっぺ」

「そうだな。大根は前の列の真ん中辺り、牛蒡は後ろの列の上、社に近い方に並べてくれっか。米はどの辺りにすっかな」

「それじゃ、真ん中より少し下の方にしたらいかんべ」

　こうやって各家庭とも自分たちの出した品物がよく目につくところに置こうとするので、たまに場所を巡っていざこざが起きることもある。そういう時は村長たちが間に入り、くじ引きで決めることになっている。

　出品した作物には番号だけが打ってあって、どの作品がどこの誰のかは審査員にはわからなくしてあり、公平に判断が出来るようになっている。

　鎮守の森の祭りは毎年十一月の第二日曜日と決められているので、子供たちも朝早くから社に集まって来る。子供たちの目当ては、鳥居から社の広場までの両側に並ぶ露店だ。まだ店を開く前から、待ちきれないようにその辺りを行ったり来たりしている。

「邪魔になるから側に来るな！」

と露天の人に叱られている子もいた。

朝九時過ぎから審査員はまず野菜類から審査に入る。それが終わると今度は穀物類の審査に入る。慎重に審査していくので、全部終わるのには時間がかかる。たとえば大根なら、丸みの大きさ、長さ、形など。米だったら一粒の大きさ、粒がそろっているか、色はよいか、発芽がちゃんとあるかなどを、一つ一つ見て一人一人が1～5までの等級を丸で囲み、1の多いものが優勝となる。それが何十品種とあるのだから大変だ。審査結果は、祭りの最後に発表される。

九時になると、舞台の上では村長や農協の所長など各方面のお偉いさんたちの挨拶が始まった。

「本日はお天気もよく、これはみなさん方の日頃の行ないがよいからだと思います」などとみな同じようなことで退屈だ。挨拶などやめて早く余興に入ってもらいたいものだ、と陰口を言っている人もいる。お偉いさんたちは自分の挨拶が終わると、そそくさと出品作物の審査に加わる。

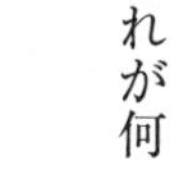

もうこの時間になると社の境内は村人たちでいっぱいになり、舞台の上では余興が始まっている。

舞台の前には何枚かの筵が敷かれているが、その上ですでに集まって酒盛りを始めているグループもいる。そうかと思えば、じいちゃんやばあちゃんたちは、孫の手を引いて露店の前で、

「どれがえいいんだえ」

「あれ」

「ああ、あれがえいいんかえ」

などと、何かを買い与えている。

舞台には、町からやって来たプロの漫才師が最初に出て来た。

「みなさーん、こんにちは！」

「おめえばかと違うけ」

「出て来て早々、藪から棒にばかとはなんだよ」

「この辺での、挨拶の仕方知っているかい？」

「そんなもの、全国どこに行っても同じと違うか?」

「この辺ではね、朝はおはよう、昼はこんちは、夕方はお晩方です、夜はお今晩はって言うんだよ」

「ほんじゃ夜中は晩晩ですって言うか」

「だからおめえはばかなんだよ、このへんの人がそんな真夜中まで起きていると思うか。朝が早いからみんな寝てるよ」

「もっと面白いこと教えてやろうか」

「なんだい、その面白いことって」

「おめえ、せいふるって何か知ってるか?」

「なんだそのせいふるってやつは、食べ物か?」

「ばかだね、おめえ、本当にばかだよ」

「そうばかばかって言わないでよ。これでも町に帰りゃ子供やかぁちゃんが待ってるんだから。それより早く教えてちょうだいよ」

「せいふるっていうのはな。お風呂のことだってさ」

「他に何か、おもしろいのはないかね」

「手水場、これくらいのことは知っているだろ?」

「また、変なものが出てきたぞ」

「本当に知らないのか、毎日使っているんだぞ」

「知らないものは、知らないよ」

「これはどうしょうもないわ」

「手水場っていうのはな、便所のことを言うんだよ」

「へいー、そらまたたまげたな」

そのたびに観衆はどっと笑う。芸人や村人たちの余興は、漫才だ歌だ落語だと、次々と進んでいく。

面白いのは、「もっと続けてくれえ」とせがんだと思えば、「そんなつまらないのはやめちまえ」と野次ったりする観衆同士のやりとりだ。ツーと言えばカーと言う、野次のやりとりも立派に芸になっている。

そうして笑ったり野次ったり怒鳴ったりして舞台の演目に釘づけになって楽し

んでいるうちに、午前十時を回ると、社の奥の院の方から行列が笛や太鼓、鉦《かね》を鳴らしながら鳥居に向かって進んでくる。

先頭には宮司《ぐうじ》、その後ろに幟《のぼり》が三本続き、その後ろに竹を一メートルぐらいの輪にしてその輪から何本もの紐が垂れ、その紐にいくつもの花を結《ゆわ》えつけたものが続く。輪は中心に向かって竹を割った物が伸び、真ん中で百五十センチの竹棒につながっている。まるで大きなかんざしのようになっている。これが後で大きな役割をする。

その後ろには、獅子舞の五人衆が続く。衣装は藍色一色の紋付き袴、すねには紺の布を巻き、足には地下足袋を履いて、頭には獅子の面を被る。面の頭には、一番長い孔雀の羽根からだんだんと短い羽根へと、何十本もの鳥の羽根が覆っている。

獅子舞の後ろには鳴り物の笛を吹く人と鉦を鳴らす人が続く。

行列が鳥居の前まで来ると、宮司が社に向かっておもむろに一礼してから向きを変え、後ろに続いて来た人たちに、持っていた榊でお祓《はら》いをしてから厳かに社

に向かって歩き出した。

それまで社の参道は露店で買い物をする人でごった返していたが、獅子舞の一行が来たのを見ると、その真ん中に誰とも言わずに一本の道が出来た。みんなこの時を待っていたのだ。

獅子舞の五人は、鳴り物に合わせて腰に結えつけられた小太鼓を叩きながら進んでいく。

群衆から「わぁー」と歓声や拍手が沸き上がる。誰とはなしに声があがる。

「今年は豊年満作だったから景気はよく、神様に感謝の踊りを奉納してくれや」

獅子舞の一行が進んでいくと、今まで道の両側にいた群衆がその後ろについて行き、やがて社の広場の周りに集まってくる。

この時は舞台の上の余興はいったん中止になり、ほとんどの人がここに集まるので、露店の方もこの時ばっかりはお手上げだ。

広場の真ん中にまず直径十メートルぐらいの輪が出来、その周りに観衆が十重二十重と重なり合うように集まる。

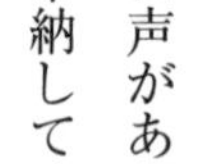

輪の三方には幟の三人が立ち、その真ん中には花飾りを持った人が立ち、その周りを五人の獅子舞が囲む。宮司が社に向かって祝詞《のりと》をあげ始めると鳴り物はいったん静まり、終わると再び一斉に鳴り出す。

笛がピーピーヒャララ、ピーピーピーピヒャラララと吹き出すと、それに合わせて、鉦がチンチキチン、チンチキチと合わせる。それにつれて獅子舞が腰の小太鼓をトントント、テンツクテンテンツクテンと叩きながら、花飾りの周りを頭を下に下げたり横に振ったり後ろにのけ反《ぞ》ったり跳んだりはねたりして踊り出す。その一挙手一投足に観衆から喚声が上がる。

最初は五人で踊っていたのが途中から三人になる。この時より、真ん中に立って花輪を持った人が花輪を上げたり下げたりしてゆるりと動き出すと、獅子舞たちが踊りながらそれを追いかける。

花輪を持った人は群衆の中にも逃げ込んでくるから、身動きが出来ないくらいに集まっていた人たちはもう大変だ。きゃーきゃー言いながら道をあけるが、その後を追って獅子舞が太鼓を鳴らしながら追いかけてくる。

「いいぞいいぞ、もっとやれー」と遠くの方から喚声があがる。

ある程度踊ると疲れるので一人が休み、今度は残っていた二人が交替で踊り出す。花輪を持った人が花輪を振るたびに、吊してある紐からつけてある花があちこちに飛び散る。それをまた群衆たちは我先にと取り合うから、前の方にいる人はおちおちと獅子舞を見てもいられない。それでも誰も文句を言う人はいない。

にぎやかに踊っていた獅子舞は三十分くらいすると踊りをやめ、全員そろって社に向かう。社前でお辞儀をすると、もと来た道を奥の院に向かって歩き出す。

この踊りはこの後、正午と午後三時に踊られる。

社に一番人が集まる二回目の獅子舞の始まる正午には、宮司が群衆を見渡せる本殿に登る石段の途中に立ち、声を張り上げる。

「みなさぁん、ここで踊られる獅子舞の由来をお教えしましょう。今から約七百年ほど前、この地方が大飢饉に見舞われた時に、ここを通りかかった旅の僧――僧の名前は定かではありません――が、この辺りは何かに取りつかれています、私がこれから言う通りの物を作ってそれを被り踊りを奉納して神様に願い出れ

ば、翌年からは飢饉はなくなるでしょう、私もみなさんと一緒にお手伝いしましょう、と言ってこの社に泊まり、村人たちと約一カ月ぐらいかけて踊りを奉納したことから始まります。その時にこの獅子の面が出来上がったと伝えられています。日本中いろんなところに獅子舞の面はありますが、ここの面ほど精細に出来ていて、まためずらしい物はありません。どうぞそういう深い謂《いわ》れがあることを踏まえて、これから踊られます踊りを見てやってください」

昼の踊りは朝方よりも激しく、そして華麗に踊られる。

一方、獅子舞の前後には舞台の上で村人たちと芸人たちが、代わる代わるいろいろな余興をしてくれている。

村で人気のある人が舞台に立つともう大変だ。「あがんねいでしっかりやれよ」とか、「よーし、うめえうめえもっと続けろや」などと声がかかる。

ほとんどの村人たちはもう一年間の主な農作業も終わり、やり残しているのはこれから来る冬に備えての準備くらいだから、みんなのんびりと祭りを楽しんでいる。しかし農作物を出品している人たちは楽しむ余裕はなく、気が気ではない。

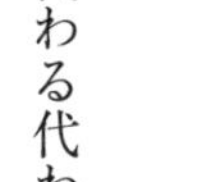

三時になると最後の獅子舞が始まる。この時の踊りは、神様が安らかに社の本殿に寛《くつろ》がれるように、鳴り物も動きも前の二回より穏やかなものになる。最後は小さく叩いたり吹いたりして両膝を地面につき、社の本殿に向かって一礼をして終わり、奥の院に向かって鳥居の方に歩き出していく。

「さぁーさぁーみなさん、大変お待たせいたしました。本日最後の出演者は、ご存知我らが美っちゃんです。大きな拍手を持ってお迎えしてください」

と司会者が紹介すると、待ってましたとばかりにあっちこっちから一斉に「わぁー」と喚声があがる。

件《くだん》の美っちゃんは舞台の中央に立つと、そこは慣れたもので、

「うわー、こんなにえっぺい来てくれて、私どうしたらえがっぺ」

と、しなを作ると、観衆からは野次が飛ぶ。

「えつも通りに歌ってくれればそれでえいんだ」

「美っちゃんこっち見てくんねえかえ」

「だめだ、こっちの方が先だっぺよ」

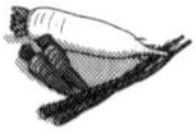

村で一番歌がうまいと評判の娘は、この辺で祭りがあると必ず引っぱり出されるが、嫌な顔一つせずに出てくれるのでますます人気が出る。昨年お嫁に行ったのだが、今でもこうしてみんなを楽しませてくれている。

歌が終わると、

「もう一曲歌ってくれや」

「そうだ、そうだ、もう一曲だ」

とアンコールをせがむ声が飛んだが、司会者が腕時計を見ながら、

「だんだんと辺りが冷えてきましたので余興はこれくらいにして、出品した農作物の結果発表に移らせていただきたいと思います。では、村長お願いいたします」

と村長にマイクを渡した。

この時期、朝晩は氷点下になることもめずらしいことではない。今日みたいに朝からの晴天で風のない日の夕方はとくに冷え込みが厳しくなり、夜ともなれば気温はぐんと下がることは間違いがない。

「父ちゃん、おれんちの何かの賞に入っていっぺか」

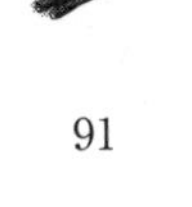

武坊が聞くと、父ちゃんが答える。

「さあー、どうだか。米が入っぺと思うんだが母ちゃんは何が入ると思うかね」

「何が入っかはわかんねいけど、どれか入ってくれればいいね」

そんな話をしていると、

「父ちゃん、うちの米と大根が賞に入ったみたいだよ」

と智兄ちゃんが小声で教えに来てくれた。だが父ちゃんはまだ本気にしていない。いよいよ村長が舞台の真ん中に立った。

「お待たせいたしました、これより結果を発表します。まずは穀物の部より発表します。米の部は一等が二組あります。三区の岸田さん、もう一組は一区の本宅です」

この辺りで一区の本宅といえば、武坊の家とみんな知っているので、名前を言わなくてもわかっている。

次に二等はどこの誰さん、三等はどこの誰さんと続く。米の次が麦、大豆、小豆と次々に発表され表彰状が渡されていく。賞に入った家族はみんなで喜び合う

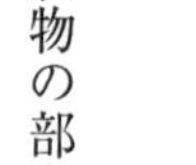

が、賞に漏れた人たちは今度は野菜の方で賞に入ることを期待して、待っている。

穀物類の発表が終わると今度は野菜の部だ。前の部で賞に入っていないところの人たちは固唾を呑んで自分のところが賞に入るのを待っている。

「それでは、野菜の部の発表に移らせていただきます」

村長は手に持っていた別の紙を取り出してから、おもむろに人参、白菜、牛蒡と次々に読み上げていく。最後に大根の発表になった。

「一等は三区の山口さん、二等は二区の峰岸さん、三等は一区の本宅であります。これをもちまして結果の発表を終わります。それからお願いがあります。大人衆と青年団の人たちは舞台とか鳥居周りの後かたづけ、女の人たちは境内の周りや露店の跡のごみなどの整理をお願いいたします」

武坊は母親の手を引っ張った。

「母ちゃんそろそろ家さけえっぺ」

「だめだ。母ちゃんたちはこれから後かたづけがあっからおめえ先に家さけえってろ」

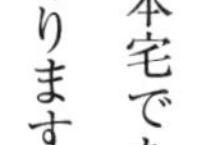

「父や兄ちゃんたちもけ？」

「先にけえって、せいふる（お風呂）沸かしておいてくれ」

武坊は仕方なく一人で帰ろうと鳥居を潜り、表の通りに出た。今までたくさんの人たちの中にいたので寒さをそんなに感じなかったが、急に身震いを起こした。畑を通り林を抜け竹林を過ぎると、目の前がパッと明るくなったが、高い山からの吹き下ろしが頬をよぎった。武坊は身震いをして慌てて背を丸め両手をズボンのポケットに入れて遠くの高い山々を見ると、その頂きはもう白い雪に覆われていた。

遥かなる
山の頂き
綿帽子
（親正）

瓦屋根の散歩道

達夫は昭和三十五年頃、山手線の池袋より二つほど離れた駅の近くに下宿を始めた。

駅を降りると広い道路が南北に走り、北に向かって少し歩いていくと斜めに商店街があり、その中ほどに一階がパン屋さんで、その二階を達夫は借りることにした。

部屋は、台所と六畳一間に押し入れつきで、トイレと洗面所は階下のパン屋さんと共同である。

食事は朝晩二食つきで、一カ月七千円で朝はパンと牛乳と果物、夜はそれなりの食事が出るのだが、若い自分には少々足りない時もあるし、仕事の都合で夜遅くなる時は外食になることもたびたびある。

パン屋さんの一軒隣がしもたやで、その隣に居酒屋があり中年で小ぎれいな女将さんが店をやっている。この女将さんが人がよくて、達夫が下宿の食事が足りなくて顔をのぞかせると、快く迎えてくれて食べさせてくれた。

近くの商店街の旦那衆や若衆のたまり場でいつもにぎわっているので、店に行

っても入れないときもある。そういう時は常連の人が、

「坊や、カウンターの中に入ってママの手伝いをしながらビールでも飲んでいな、そのうち誰かが帰るから」

と声をかけてくれるので、席が空くまでカウンターの中で立ち飲みしながら待つしかない。

この店はカウンターは横に二席、縦に六席あり、その後ろに四人がけのテーブルが二つ、その奥に二畳程の小座敷がある。

何度目かに顔を出した時だった。この店にはふさわしくない女の人がカウンター席に座っていて、近所の旦那衆とわいわい騒ぎながら一緒に飲んでいる。よく見てみるとこれがまたとびきりの美人である。達夫も仲間に入れてもらおうと思ったが、初対面なのでなかなか話の中に入っていけない。おしゃべりをする近所の旦那衆も、そのひまを与えない。

そのうち彼女がカウンターの隅の方にいる達夫に気づいて、

「こんばんは」

と声をかけてきた。

「いや、今日初めてだね」

と言うと、

「そうね、よろしく」

と答えてくれた。

すかさず常連の客が、「若いの、もう意気投合かい？」と茶々を入れてきた。

二人の会話は途切れた。

「冗談、冗談だよ、ワッハハッハ」と大声で笑われた。

何でこんな美人が場末の居酒屋に一人で飲みに来ているのだろうと思っていると、

「坊や、あの女性《ひと》が気にかかるようね」

とママが声をかけてきた。

「この子ね、今度うちの二階に引っ越してきたの。仲よくしてあげてね」

と紹介してくれた。達夫は会釈したものの、次の言葉が出てこない。仕方なくママや常連客と他愛のない話をしてその晩は下宿に戻った。

数日後、店で飲んでいると、「こんばんは」と彼女が店に現われた。たまたま達夫の隣の席が空いていたのでそこに腰を据えた。

「いや、また会ったね」

と声をかけると、

「ほんと。二回目かしら。この前はカウンターの隅の方にいらっしゃいましたわね」

「失礼ですがお名前は？　いや、これは失敬。自分から先に名乗らなければだめでした。僕は達夫といいます」

「この女性ね、妙ちゃんというの」

とママが口を挟んできた。

「お友達になってくださいね」

「こちらこそよろしく」

「このお店にはときどきいらしているんですか？」

「そこの坊やは週に二〜三回はここに来て、ダべってるよね、旦那」

隣に座っている旦那が声をかけた。

「この坊やは一軒隣のパン屋さんに下宿をしているんだが、若いから食事が足りないんだって。そんな時はここに来て腹ごしらえをしているんだってさ」

それから彼女は、何が気に入ったのか、よくこの店に顔を出すようになった。時折、隣同士になる時もあり、盃を合わせるようにもなった。

何回か会っているうちに、どちらともなくおたがいの部屋でゆっくり話し合いたいねということになってきた。

ところが達夫が住んでいるところは一階がパン屋さん、彼女の住んでいるところは一階がこの店。一階の人が、すんなり二階にあがらせてくれるかどうかが問題だ。

彼女の部屋に行くにはこの店の調理場の奥を通らないと行けないし、達夫の部屋は一階にパン屋さんの家族が住んでいる。それにパン屋さんには高校生になる女の子がいて思春期の真っ最中である。よほどそおっと気づかれないようにして上がるしかないが、それはどんなことをしても無理だ。もし達夫の部屋に二人で上がるところでも見られたら、「そんなふしだらな人には部屋を貸せないから出ていってくれ」と言われかねない。

ある夜、「ごちそうさま」と言って彼女と一緒に店の奥の方へ行こうとしたら、「どこに行くの」とママから声をかけられた。彼女がもじもじと答える。

「私の部屋に……」

「だめよ、女の一人部屋でしょ。男の人なんか上げたらだめ。それにここは場末の木賃宿と違うんだからね」

と叱られた。

それにしても朝晩の食事は下宿のパン屋さんであるから心配ないが、そうちょくちょくこの店に来て飲んでばかりではらちが明かないし、安い給料で生活している達夫にとっては懐がおぼつかなくなる。どこかのホテルに行ってとも思うが、先立つものがない。ここは何としてもどちらかの部屋に行く方法を考えなくてはならない。

そんなことをしているうちにだんだんと月日がたち、この店に来始めてから二、三カ月になった。ママもそれとなく二人の関係には気がついているはずである。

そんな時に常連客の一人が、

「そこのお二人さん、うまいことやっているかい」

と声をかけてきた。

「もう、大変なんだから。私なんか見せつけられちゃって」

ママが笑いながら話に加わってきた。今日はママの機嫌がよさそうだ。そこで二人で目と目で合図して、うなずきあい、もう一度チャレンジしてみることにした。

「ママ、二階に上がってもいい？」

と聞くと、今まで笑顔で話をしていたママの表情が急に変わった。これはやばい、と思ったとたん、

「だめ！　何回言ったらわかるの。この前も言ったように、私のところは木賃宿とは違うの。とくに一人暮らしの女の子の部屋に上がるなんてもってのほかです」

と叱られた。
こうも一喝されては二階に上がることは到底無理であろう。何とかおたがいの部屋へ行き来できないものか考えたが、なかなかよい案が浮かんでこない。わずか一軒隣同士なのに「近くて遠い……」とはこのことかと思い、この夜は自分の下宿に帰ることにした。

下宿のおじさんに声をかけ、二階に通じる階段を上がり自分の部屋のドアを閉め、中に入った。真っ暗な部屋の左側の窓が外の灯で明るい。なんとなく窓を開けてみてびっくりした。窓の向こうに彼女の部屋の明かりが見えるではないか。こんなことに今まで気がつかなかったなんて、と舌打ちした。

だが、どうしたらここから彼女の部屋に行くことができるだろうかという思いにふけっていると、あることが頭をよぎった。そうだ、窓の下の瓦屋根を渡って行けば向こうの部屋に行けるはずである。

何だか気持ちが浮き浮きしてきた。今度彼女に会ったらこのことを話して挑戦してみようと思った。だが一つ、問題がある。瓦屋根を渡る時、階下の人に気づ

かれないだろうかということである。だが、そんなことを心配していてはいつまでも二人きりで彼女には会えない。決心あるのみだと思い、その夜は床に就いた。心地よい眠りである。

店には飲みに行っているのだが、彼女が行っている時に達夫が行けず、達夫が行っている時は彼女が来てない。そんな日々が続いたある夜、久し振りに顔を合わせた。

達夫は、瓦屋根のことを彼女だけに聞こえるように話した。彼女も身を乗り出して話に乗ってきた。二人が小声で話しているのをママが気にして、

「また、二階に上がらせてなんて話をしているんじゃないでしょうね」

「そんなことありませんよ。久し振りに会ったのでいろいろと近況を話していたんですよ」

と話をはぐらかせた。しばらくして、また声をひそめた。

「ところで君、今度いつ早く帰れる」

「そうね、明後日だったら早く帰れると思います」

「よし、じゃ明後日の夜八時ぐらいに、おたがいの部屋の窓を開けてみて確認しようよ」

「いいわ。仕事を早くかたづけて帰ります」

「話は決まった。この話はもうおしまいにしよう。ママがまたこっちの方を気にしているようだし、変に思われてもなんだからな」

「おーい、そこの若いの。二人でこそこそ話をしてないで、みんなでわいわい騒ごうじゃないかいな」

常連客の一人が声をかけてきた。

「はい、すみません。一緒につき合わせていただきます」

「よーし、そうこなくちゃ。一杯やろう」

「ありがとうございます、頂きます」

と杯を受け取った。それからはいつものようににぎやかな店内に戻った。

次の日の夜、「ちょっと出かけてきます」とパン屋のおじさんに声をかけると、

「お隣さん、精が出るね。今晩もかい?」と言われた。

店にはまだ誰も来ていなかった。昨夜、彼女とひそひそ話をしてママに変に勘ぐられてもと思い、わざと顔を出したのである。案の定ママが、

「昨日はお熱いところを見せつけられちゃったね」

「ママ、勘弁してくださいよ、そんなんじゃないんですから。昨日言った通りなんですから」

「まぁいいわ。若い人同士仲よくなくちゃね」

と嫌味たっぷりに言われた。

「坊や、まだ誰も来てないので私にもビール一杯ちょうだい」

とグラスを差し向けてきた。


いよいよその当日が来た。達夫は会社にいても今夜のことが気になって仕事が手につかない。午後になってから上司に、ちょっと外回りをしてそのまま帰宅することを伝えて会社を後にした。一件だけ得意先に顔を出してから、早々と下宿に戻った。

「おや、早いお帰りだね。どこか体でも悪いのかい」

とパン屋のおじさんが声をかけてきた。

「いや、外回りをしてたんですが、早くすんだので直接帰ってきたんですよ」

「そうかい。あんまり早く帰ってきたんでびっくりしたよ。どこか体で悪いところがあったらいつでも言ってくれよ」

と優しく言ってくれた。ありがたいことである。

「ありがとうございます。若いから大丈夫です」

と礼を言って二階に上がり窓を開けた。一軒隣の彼女の部屋を見たが、彼女の部屋の窓は閉まったままである。それもそうだ。まだ六時ちょっと過ぎだ。こんなに早く彼女が帰ってくるはずがない。

気持ちの高ぶりを抑えようと思ってラジオをつけてみたが、聞く気になれず、音だけが煩わしく感じられ、すぐに切った。仕方なく本を開いて読もうと思ったがなかなか集中できず、文字を目で追っているだけだ。

会社で仕事をしている時は、もっと時間が欲しい、もっと時間があったらいい

のにと何度も思ったが、今日ほど時間がこんなに長く感じられたことはない。待つ時間の長いことと言ったら……。

そうこうしていると、下宿のおばさんが「食事の用意ができたから取りにきて」と声をかけてくれた。「いつもすみません」と言い、用意された食事を自分の部屋に持って上がる。もうすぐ来るであろう彼女との逢瀬を思い浮かべながら食事にかかろうとしていると、ノックの音がした。おばさんが「開けるよ」と言い、

「たまに早く帰ったんだからゆっくり食事しなさい。これをどうぞ」

と熱燗を二本持ってきてくれた。

「隣でばっかり飲んでいては、お金も大変でしょう。ゆっくり部屋で寛ぐのもいいんじゃない」

「ありがとうございます、喉が乾いていたので助かります。早速飲ませてもらいます」

「それから、これ酒の肴にしてちょうだい」

と食事以外に二品をお盆に乗せて持って来ていた。そのまま部屋の中を見回し

ている。

「あなた、男の人にしてはきれいに使って頂いてるわねえ。このように部屋をきれいにしてくれると助かるわ」

と言ってから階段を下りていった。

食事をすませたら少し気持ちも落ち着いてきた。おばさんが差し入れしてくれたお酒のせいもあるのかもしれない。少したつと窓の向こうが少し明るくなった。帰ってきたかなと思い、窓を開けてみると彼女の部屋に明かりがついている。彼女も、気になっていつもより少し早く帰ってきたようだ。

しばらくすると部屋の窓が開いた。達夫が立っているのを見つけて小声で、

「こんばんは。少し待っていてね。着替えるから」

と言って、いったん窓を閉めた。

ガラス越しに彼女の着替えるのがぼんやりと見える。どんな服装に着替えるのかと思っていると再び窓が開き、

「お待ちどうさま、用意できたわよ」

「よし、試してみるか」

と言ったが、やはり階下のことが気にかかる。窓越しに足を下ろしていくのはいいのだが、屋根の下には人が住んでいる。猫が天井裏を渡ってもこそこそと音がするのに、大の男が渡ろうとしているのだ。階下の人に気づかれないか気がかりでもあるし、渡っているところを人に見られないかも気になる。

　幸いにして、達夫が住んでいる長屋の後ろは小さな公園になっている。昼間は子供たちがわいわいとブランコに乗ったり砂場遊びをしてにぎやかだが、夜になると遊ぶ人もなく人通りもなく真っ暗になる。ところどころに街灯があるが、明かりは地面の方を照らすようになっており、公園の周りは松の木や樫の木などで覆われている。そこから達夫が渡ろうとしている瓦屋根が見えないのはいいのだが、問題はどのようにして音を出さずに渡るかだ。

「何を考えているの、早くいらして」

　彼女が声をかけてきた。

「ちょっと待って。今行くから」

小声で答える。気持ちは決まった。「男は度胸、女は愛嬌」という諺がある。なせばなるだ。思い切って身を乗り出し、音を立てないようにそっと片足を窓越しに少しずつ下ろしていき、瓦屋根に第一歩を踏み出した。思ったほど音がしない。丈夫に出来ているのだろうか、それとも屋根の端だけが頑丈なのだろうか。

体重を窓枠にかけ二本目の足も瓦に載せた。ここでも音はしない。達夫の体は瓦屋根の上に立ったが、さあ、ここからどのようにして彼女の方へ行くかだ。そうだ、階下の人たちは今は食後のだんらんの時間で、家族みんなでテレビでも見てる頃だ。多少音がしても大丈夫だろう。

（この当時、テレビは数軒に一軒ぐらいしかないので、テレビのある家には近所の人が集まって、ワイワイ言いながらかじりついて見ていた。特にプロレス中継になると大変な騒ぎになる）

窓枠に体重をかけている手を離し、一歩踏み出してみた。さて二間半の瓦屋根の上をどのようにして進むか。立ったままでは行けないし、まして夜でもある。ちょっと間違えば下に滑り落ちてしまうこともある。彼女も心配そうに達夫の行

動を見守っている。

　達夫は、格好悪いが四つんばいになって渡ることにした。抜き足差し足でそおっと音がしないように右手を横に出し、その手に体重を移して、右足を出す。そして左手を送り左足を送る。まるでカニが歩いているようだが、カニのようにスムーズにはいかない。そのぎこちなさといったらないが、本人は真剣だ。一歩また一歩と横に進んでいく。どれほどの時間がかかったのだろう。三分~五分くらいか。

　やっと彼女の部屋のそばにたどり着いた。彼女が右手を差し伸べてきてくれた。

「やっと着いたわね」

「下の人には感づかれなかったろうか」

「さぁ、早く入って」

「うん、わかった」

　音を立てないように窓枠を越え、ようやく部屋に入ることに成功した。

　彼女の部屋に入ると、やはり女性の部屋だなと思った。きれいに整頓されてい

るし、わずかに香水の香りもする。今日のためにまいたのかそれともいつもまいているのか、わからないが、訪れた達夫にとっても気分の悪いはずがない。

彼女は小さな台所に立って、お湯を沸かし始めた。

「お茶でいい？　それともコーヒーがいい？」

「ありがとう。コーヒーでいいです」

彼女がコーヒーを入れてくれるのを待ちながら部屋の中を見回していると、ドレッサーの横に小さな額縁に入った写真があった。男性の顔が写っている。

「この写真、だれ？」

と声をかけながら取ろうとすると、コーヒーをいれていた彼女が慌てて飛んできた。

「だめ、それに触らないで」

達夫が右手を伸ばして写真をつかむのと、彼女がそれを取ろうとする手が重なり合った。

「いいじゃないか、見せてくれたって」

「いや、絶対にだめ！」

「彼氏なの？」

「誰でもいいでしょう」

と強い口調になった。そう言われれば言われるほど見たくなるのが人間の心情である。写真をつかんだ彼女の手から取ろうとしたが、今度は両手で持って離そうとしない。達夫も意地になって何とか見ようとして二人でもみ合いになった。彼女は中腰、達夫は座ったままである。


おたがいに自分の方へと引き合い、小さな写真は二人の胸のあたりを行ったり来たりしている。達夫は思い切ってぐいと力を入れた。するとその力に負けて座っている前に中腰になっていた彼女が覆い被さってきて二人は重なり合い、写真を持っていた彼女の手が離れ、胸と胸の間に挟まれた。同時に彼女の顔が達夫が仰向けに寝転んだ目の前に来た。一瞬二人の動きが止まり、見つめ合う格好になった。

達夫は二人の胸の間に挟まっている写真から手を離し、静かに目の前にある彼

女の両頬をそっと押さえた。互いに無言で見つめ合い、時が過ぎる。

しばらくして、達夫は支えていた彼女の頬を引き寄せ唇を合わせようとした。彼女は何の抵抗もなく、ごく自然の成り行きのように唇を重ねてきた。

長い間下の居酒屋で一緒に飲んでいて、いつもおたがいを求め合いたいと口には出さないが心の中でも思っていたからかもしれない。若い二人は堰を切ったように激しく求め合い絡み合い、時の過ぎるのを忘れたかのように燃えた。

「あら、コーヒー冷めちゃったわね」

彼女が言った。

「いいよ、君の温かい心がこもっているからそのままで頂くよ」

「まぁ、かっこいいこと言っちゃって」

と言いながら、カップ二つにコーヒーをいれて達夫の前に持ってきた。

「また、ときどきは遊びに来てね」

「そう思ってはいるんだけど、問題は屋根の上をたびたび歩いても下の人に気づかれないかそれが心配なんだよ」

「大丈夫よ。今夜みたいにそっと渡れば音もしないし、わかるわけないと思うわ」

そんな話をしているうちに時間が過ぎ、時計を見ると午後十時近くなっている。

「やぁ、こんな時間だ。おれ帰るわ」

「ほんと遅くなっちゃったわね」

達夫は挨拶もそこそこに部屋に帰ることにしたが、心配なのは来た時は時間が早く下の家ではテレビなど見て多少音は聞こえなかったかもしれないが、この時刻は少しの音でも聞こえかねないことだった。達夫は、来た時よりもなお気を遣いながら、瓦屋根の上を四つんばいになりながら一歩一歩我が部屋へと進んだ。

部屋に着き窓越しに彼女の方を見ると、何がおかしいのかけらけらと笑っている。達夫の歩く格好がよほど面白かったに違いない。

こうして第一回目の瓦屋根の散歩が無事にすんだ。


それからというもの、達夫と彼女が早く部屋に帰った、一週間のうち一回か二回は、瓦屋根の上を往復するようになった。

　ある時、彼女が「私も一回渡ってみようかしら」と言い出した。

「かまわないけど、渡ってこれる？」

「大丈夫よ。私これでも、足が長いのよ」

「でも、スカートでは来られないぞ」

「スラックスで行くわ」

　本当に渡ってくる気でいるらしい。

「ねえ、一回だけ挑戦させて。だめだったらあきらめるわ」

「よし、わかった。今度おたがいに早く帰ってきた時にしよう」

　と話は決まった。

　そうは言っても、この瓦屋根を渡るのにはいろいろと制約がある。いくら家の後ろが公園で暗いといっても、いつ誰に見られるかわからない。特に月夜の晩はまずだめである。雨が降っている時も、足が滑ってしまう恐れがあるから渡れない。

　何日か過ぎた夜、彼女にチャンスが来た。彼女の部屋の窓から、

「ねえ、今晩そっちに行ってもいいかしら?」

声を落として話しかけてきた。

「オーケー」

達夫は両手を頭の上で丸く輪を作ってみせた。果たして彼女がうまくこの斜めになっている瓦屋根の上を渡ってこられるだろうか。男の達夫でさえ苦労するくらいなのに、そこを女の子が渡るのである。場合によっては滑り落ちかねない。

はらはら心配して見ている達夫をよそ目に、彼女は屋根の上をこちらに向かってくる。体重が軽いせいもあるかもしれないが、あまり音はしないでついに達夫の窓の下まで来た。

「やっと来られたね」

達夫は彼女に手を差し延べ、部屋に入れた。彼女はものめずらしそうにキョロキョロしている。

「あら、男の人の部屋にしてはずいぶんきれいにしているのね」

「そうかい。普通だと思うけどな」

「私の弟の部屋なんか、とても見られたもんじゃないわよ。わー、ステレオあるじゃない」

「でも、夜はあんまりかけられないんだ」

「どうして？」

「大きな音出すと下の大家さんに悪いから。かと言って、小さな音でかけても感じが出ないいんだ」

「ずいぶんレコード持っているのね。何の音楽かしら。見ていい？」

「モダンジャズが多いんだ」

「私はあんまり知らない人のが多いわね」

「そう。マイルス・デイビスとかソニー・ロリンズ、ニューヨーク四重奏団。あとサッチモとかね」

「サッチモって誰？」

「あれ知らないの？　ルイ・アームストロングのこと」

「ふーん。ねえねえ、あれは誰の似顔絵？」

彼女は部屋の片隅に飾ってある麦藁帽子を被った黒人を見て言った。

「あれ、ハリー・ベラフォンテっていう黒人の歌手。知ってる?」

「何か聞いたことがあるわ」

「アメリカでは有名だからみんな知っているよ」

「その下に飾ってある、あれは?」

「海に行く時の道具類の袋」

「海、好きなの?」

「大好き。だって、海に行っていると気持ちがいいんだ。ああ、そうだ。おれたちの仲間で毎週日曜日に葉山の一色海岸に遊びに行っているから、今度君も一度遊びに来ない?　みんな、いいやつだよ」

「いつでもいいの?」

「うんいいよ。春は四月二十九日から秋は十月十日まで、朝九時ぐらいから日の暮れるまで毎週誰かが来ているよ」

「何をしているの?」

「海に潜ったり釣りをしたりボートに乗ったり。そのときどきで集まった仲間で決めるんだよ」

「楽しそうね。男の人たちっていいわね」

「どうして？」

「だって自由闊達に遊べるんだもの」

「そんなことないよ。みんな会社でいろいろなことがあるから、気晴らしに来ているんだよ」

「ねえねえ、今度ステレオ聴かせてくれる？」

「いいよ。昼間だったらパン屋の親父さんも君のことを二階にあげることを許してくれるかもしれないし、一度聞いてみるよ」

　彼女が時計を見て、

「私、そろそろ帰るわ」

「そうだね。遅くなるとやばいかもしれないし、あ、そうだ。飲み物も出さないでごめん」

「いいわよ。今度頂くわ」

と言って部屋に帰っていった。

今度ステレオ聴かせてほしいと言っていた割に、モダンジャズにはあまり興味を示さなかった。でも、海の話にはだいぶ心を動かしていたようだ。

こうして二人の「瓦屋根の散歩道」の往復が始まった。


そんなことをしていたので自然と隣の居酒屋へは足が遠くなり、しばらく店に顔を出していなかった。

久し振りにふらっと店をのぞくと、店の中の雰囲気がいつもとだいぶ違う。いつも常連客や近所の人たちでワイワイガヤガヤとにぎやかなのに、今夜は静まりかえっている。中には四人の客がいたが、二人ずつ肩を寄せ合いひそひそと話をしている。ママといえばカウンターの中で、こそこそと何かをしてる。

「こんばんは」と言うと、中にいた客たちがなんかほっとしたように、

「よう、坊やいらっしゃい。あんたが最近来ないで寂しいよ。たまには顔を出し

なよ」

「ここんところ会社の方が忙しくて遅くなるんで、来られないんです。ママさん、ビールください」

いつもだったら、ママの方から「ビールのあて（つまみ）は何にするの？ 今日はハマチのおいしいのがあるわよ」などと、機嫌よく言うのに、今夜は黙ってビールとグラスをカウンターの上に置き、小芋の煮つけを小鉢に入れて黙って達夫の前に置き、一言も話をしない。

「坊や、ご覧の通りだ。何を話し掛けても今夜は話に乗ってくれないんだ」

と、客の一人がこぼす。

「今夜だけですか」

「いや、ここんところ三、四日こんなふうなんだよ。誰が来ても頼んだものは出してくれるんだがね、いつもの愛嬌のいい返事が返ってこない。こっちも飲んでいて変な気持ちになっちゃうよ。きっと何だね、女の何の日にかかっているんかね」

「よけいなこと言ってないで黙って飲んでいてちょうだい」

カウンターの中からママの声が飛んできた。

「ほーら、これだもんね。うっかり話も出来ないよ」

そんな時いつも来ている客が二人入ってきた。何にも知らない二人は、

「どうしたんだい。いやに静かだね。何かあったのかい」

「まあ、いいや。ママ、いつもの通り熱燗二本に、あてを何か見つくろって二品ほどおくれ」

ママは相変わらず黙ってお酒を二本と杯、盛り合わせた煮つけを二皿、カウンターの上に載せて二人の前に出した。

「どうしたのママ、どこか悪いのかい」

後から入ってきた二人が声をかけた。

「どこも悪いところなんかないわよ」

今夜初めて返事をしたが、その後、また黙ってしまった。達夫は飲んでいてもあんまり気分がよくないので、ビール一本を飲んで、帰りますと言って外に出た。

心に重くのしかかっていた気分を、外に出て大きく深呼吸をして振り払った。

一体ママはどうしたんだろう。本当に何かあったのではないかと思いながら自分の部屋に戻った。気晴らしに彼女と窓越しに話でもしようかと部屋の方を見ると、まだ帰っていないのか明かりはついていなかった。時間も早いので、本でも読んで時間をつぶすことにした。

その二日後、残業があると課長に言われたので、下宿に夕食不要の電話を早めに入れておいたのだが、残業が思いのほか早く終わった。さて、ママの店で晩飯でも食べようかと思ったが、先日の雰囲気では食事をしてもおいしくない。そんなことを考えながら会社を出たら小雨が降っていた。山手線の最寄りの駅に着いても雨は降っている。駅の近くで食事でもと思っていたが、足は自然とママの店に向いていた。

午後七時半を少し回った頃だろうか。店に顔を出すとお年寄り三人仲間が来ていた。

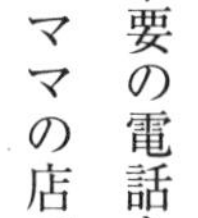

「よお、坊や、今日は早いね」

「残業があると言われたので晩飯いらないと大家さんに連絡をしたから、家に帰ってもないんです」

「ああ、それでここで夕飯を食べさせてもらうというわけか」

「ママさん、そういうことなのでお願いします、その前にビールをお願いします」

だがママは二日前とほとんど変わっていない。黙って料理を作っている。おじさんたちがたまりかねて、言ってくれた。

「ママ、何があったか知らねえが、いつまでもそんなにふくれてなさんな。美人が台なしになっちゃうぜ」

「ほっといてください。気に入らなかったら帰ってちょうだい。今夜は初めから雨が降っているので早めに店を閉めるつもりでいるんだから」

「おい、こりゃだめだ、帰ろう」

と席を立ち始めた。達夫もこんな雰囲気では食事する気にもなれない。「私も帰ります」と言ったら「あなたは帰ったらだめ、一言言うことがあるから席に座

っていなさい」と言われた。

達夫は、はっとした。もしかすると彼女との仲がばれたのではないか。

「おい、何か悪いことしたのか?」

席を立ちかけたおじさんが小声で聞いてきた。

「いや、叱られるようなことは何にもした覚えはないんですが」

「何をこそこそ話しているの。帰る人は早く帰ってちょうだい」

「あー怖い怖い。帰ろ帰ろ」

店には達夫一人が残された。ママはさっと外に出て行き、赤提灯の灯を消し、暖簾も一緒に店の中にしまい込んだ。さらにドアに錠をかけ、店の中の電気も消した。

店内は、カウンターの中の明かりだけになった。外からは暖簾がかかっているので中を見ることは出来ない。ママは一言もしゃべらないまま、カウンターの中に入った。

しばらく中で片づけをしていたママが、銚子二本と盃を持って達夫の横に来た。

「ちょいと、席を一つ譲りなさいよ」

「はい、わかりました」

達夫はいつ彼女とのことを言い出されるのか気が気でならないでいると、今までとは打って変わって、明るく話しかけてきた。

「はい、一緒に飲みましょ。つき合ってくれるわよね」

達夫は呆気にとられてママの顔を見た。ここ数日の態度とはほど遠い雰囲気である。ついさっきまでいたおじさんたちが見たら、なんと思うだろうか。意図的に何日間も店のお客たちに機嫌の悪い自分を見せていたのだろうか。そうは思いたくない。

「何をぼけっとしているの。早くついでちょうだい」

ママは、達夫が呆気にとられているのを無視して、ぐい飲みを達夫の目の前に差し出した。言われるままに銚子の酒を注いだ。

「ああ、おいしい。お酒って、いつ飲んでもおいしいわね。……ねえ、もう一杯注いでちょうだい」

達夫の気持ちも知らないで、おいしそうに二杯目も飲んだ。

「あなた、何をぼけっとしてるのよ。あなたも飲みなさいよ」

達夫は言われるままに杯を出した。

「何をそんなに怖がっているの。あなたに言うことなんて何にもないから、心配しないで」

と言うが早いか、いきなり手を伸ばして、達夫の首をぐいと引き寄せた。

「ママ、何をするんですか」

達夫はママの手を振り払おうとしたが、意外にママの手が強いので解けない。そうしているうちにママの唇が達夫の唇に吸いついた。

「ママ、かんべ……（んしてくださいよ）」

言葉が途中からママの口の中に吸い込まれた。ママは達夫の唇を強く吸ったり優しく吸ったりしている。

達夫はあきらめて体の力を抜くと、ママも達夫の首を押さえていた手を緩めた。そして両手で達夫の両頬に手をあてたまま、口づけを続けている。達夫もママの

なすがままにしていたが、そこは男である。だんだんとその気になっていく。するとママはいきなり達夫の右手を取って、その手を自分の着物の懐の中に差し入れた。ママの着物の中には、ブラジャーを着けていない、ふっくらと温かい乳房があった。やわらかく、弾力性がある。

達夫は乳房にあてがっていた手を少しずらして、乳首を軽くもむと、「ふぅー」と呻き声を上げママの体の力が抜けていくのがわかった。

すると今度は胸元に入れていた達夫の手を取って、着物の裾を開いて自分の股間に持っていく。達夫もとうに理性を失い、その気になっているので、その手をだんだんと奥の方へと這わせていく。

温もりが熱く伝わってくる。一番奥まで行きショーツのところまで行くと、そこは少し湿っていた。構わず手をショーツの中に入れると、ふくよかな丘がありその周りを茂みが覆っている。少し指を下の方にずらしていくと、そこはもうぬるぬるとした粘り気に覆われている。構わずその粘液をかき分けて、割れ目の中に中指と人差し指を入れてゆく。微妙に動かすと、ママは耐え切れないように達

夫の体にまとわりついてきた。

「ママ、ちょっと待って」

あえぎながら口に出したが、ママは構わず達夫のズボンのファスナーを下ろし、股間に手を入れてきた。一物はとうにそそり立っている。

「わあ、暖かい。すごく硬くなっているじゃない」

もうこうなっては行くところまで行くしかない。「据え膳食わぬは男の恥」という諺がある。だが、この場所ではこれ以上のことは出来ない。達夫は座っているママを両手で抱き抱え、奥の小座敷に運んで行った……。

行為がすみ、達夫は先にカウンターに戻った。先ほど飲んでいた酒をぐい飲みに注ぎ、一杯飲み干してからタバコに火をつけた。身繕いをしたママが小座敷から降りてきて、達夫の横に座った。ふっとため息を一つついて、

「……ごめんね」

「何がですか」

「強引に誘ったりして」

「いや、私の方こそ、ついその気になってしまってすみません。……なぜこんなことしたんですか」

「私、怖かったの」

「何が？」

「恥ずかしい話だけど、私、もう何年も男の人と関係を持ったことがないの」

「まさか」

「そうね。こんなこと言ったって誰も信じてはくれないわ。こんな商売をしていればチャンスはいつでもあると思われてるものね」

「別にお世辞言うつもりはありませんが、ママほどの魅力的な女性が何年も何もなかったなんて誰も信じませんよ」

「みなさん、そう言ってくれるんだけど……。でもね、本当なの」

「その気になれば商店街の旦那衆からだって、何度か誘いはあったんじゃないですか？」

「そんなこと、毎日あるわよ。でも、旦那衆とおかしなことになってみなさいよ。

すぐに商店街中に知れわたっちゃうわよ。それに、私だって選ぶ権利あるわ。あんなおじいさんなんか、ごめんだわ」

「だったら若旦那衆もいるじゃないですか」

ママは急に笑い出した。

「ばかなこと言わないでよ。考えてご覧なさい。あの子たちがまだ小学生か中学生ぐらいから知ってるのよ。そんな子たちと床を一緒にできると思う?」

「だったら、なぜ私なのですか」

「深く考えなくていいの。あなたは、一夜の遊びと割り切っていいのよ。私、それ以上のことを要求するつもりなんかないわ。いつもあなたはここに来て、私の心をなぜかくすぐるようなこと言うんだもの。気になって気になって、いつかいじめてやろうと思っていたの。ただそれだけよ」

「それがさっきのことですか」

「そう。でもうれしかったわ。本当に私、まだお相手できたものね」

「そうですよ、まだまだ現役ですよ」

「ありがとう。そう言っていただけるとうれしいわ」

と言った後、黙りこんでしまった。

何気なしにママの方を見ると、ママの目からカウンターの上に滴が落ちている。ママが涙を流している。男性との接触がなく、今まで抑えてきた女の性《さが》の喜びと男の肌のぬくもりを感じたことが、一気に感情を押し上げたのだろうか。この人は本当に長い間、男性と肉体関係を持っていなかったのではないかと思った。達夫なんかに抱かれて涙を流している。達夫は彼女がいとおしくなってきた。

「ねえ、もう一度抱いて」

ママは、うつむいたまま、小さな声で言った。

達夫が「うん」と言うと、奥の小座敷の方に行き着物の帯を解き始め中締めも解いた。帯挙げしていた着物がさらりと床に落ちた。

「ね、早く来て。女を焦らしたらいけないのよ」

甘ったるい声で達夫を呼んだ。

達夫が小座敷に上がって行く間もまどろっこしいのか、達夫が上がるや否やズ

ホンのベルトを外しファスナーを下に下ろした。達夫の腰からズボンがするりと落ちていった。下着の中の一物はすっかり回復して、再びそそり立っている。

中腰になっているママのうなじから胸元を見ると、ふくよかな乳房が、解かれてはおっただけの着物の間から達夫を呼んでいるように見え隠れしている。達夫はたまらず、両手を伸ばしてその乳房をもみ始めた。

ママは達夫のブリーフを下ろそうと懸命になっているが、そそり立っている達夫の一物が邪魔になって、なかなか下ろせないでいる。やっと下ろすや否や、「うわー」とも「あぁー」ともつかない声をあげ、達夫にしがみついてきた。もう中年女性の性が感情を抑えきれなくなったのだろう。

二日後、ママの店をのぞいた。

入り口付近にいた常連客に、機嫌はどうですかと尋ねると、

「前より少しはよくなったが、以前のようにはまだなってないね」

店の中は「ママが少し機嫌がよくなった」というだけの話題で盛り上がり、達

夫の座る場所などないくらいだ。

「何をごちゃごちゃ言ってるの。さあ、坊やの座るところなんかないから、中に入って手伝ってちょうだい」

達夫は言われるままにカウンターの中に入って手伝いだした。

「おい、若いの。この前はママに何で叱られたんだい」

するとママが、

「最近の若い者は言葉の使い方がなってないから、少し説教していたんですよ」

と答えながら、達夫の方を見てお客にわからないようにウインクした。常連客の一人が、それに気がつかずにしゃべっている。

「なんだね、この店はママの機嫌でお客が増えたり減ったりするんだね。面白い店だ。こんな店、どこに行ってもないよな、ママ」

「あら、そうかしら。私はいつもみなさんに対しては不公平なことなんかしてませんよ」

「言うよなあ。この半月ほどのママの態度が正常だったんだってさ。みんな、聞

いてるか？」

「そりゃあないよ。おれたち、ママにどれだけ気を遣いながら飲んでいたか。でも、ママの機嫌も全快まではまだだね」

「だったら、来なけりゃいいじゃないよ」

「その言葉がまだ以前とは違うと言うんだよ」

「これは私の性分なの。わかった？」

「まあまあ、おたがいに角突き合わせて飲んでいたっておいしくないから陽気に飲もうよ」

　一番年長らしい人が言うと、

「そうだ、そうだ」

とみんなが賛同した。達夫はカウンターの中でお客には聞こえないように、

「ママ、本当に機嫌が悪いんですか？」

と聞いた。ママは達夫の耳元に口を寄せると、

「ばかね。そんなこと、とうに直っているわよ。だけどこの間まであの調子だっ

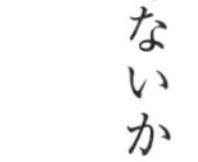

たでしょう。それを急に変えたら変に思われるでしょう。みんな、あなたとのことだってさっきの話を鵜呑みにしているかどうか、わかりゃしないわ」

「じゃ、当分不機嫌の演技を続けるんですか」

「いくらなんでもそんなに長くは出来ないわよ。長年来てくれているみんなに悪いわよ」

「おーい、カウンターの中で内緒話ばっかりしてないで、こっちの話にも乗ってくれよ」

「あら、ごめんなさい。この前の話の続きをしていたもんですから。旦那、一杯ついでちょうだい」

「いよ、そうこなくちゃ」

「おーい、やっとママの機嫌が直ったらしいぜ。今夜はママの快気祝いだ。陽気に飲もうぜ」

今まで何日か、息を殺して飲んでいたお客たちが一気に弾けたように騒ぎ出し、店の中はもうお祭り騒ぎになってきた。騒ぎにまぎれて声をかけた。

「ママ、よかったですね。みんなママが好きなんですよ。ママがしょげているとみなさんも寂しいんですよ」

「坊や、わかったようなこと言うわね」

「ごめんなさい」

「いいわよ、謝らなくて。私自身、十分わかっているんだから」

達夫もママとのことはあっても、店に来ている全員が楽しく飲めればいいのではないかと思う。

何日かして、彼女が瓦屋根を伝って達夫の部屋に来た。達夫はびっくりした。何の前ぶれもなく来たのである。

「ね、隣のママと何かあったの」

「何の話だい」

「この間からママの店に行くと、ママ、あなたの話ばっかりするの。少しおかしいわ」

「君の考え過ぎだよ。私のような若造をママが相手にすると思う?　もっと気の利いた人がたくさんママにはいるよ」

「だったらいいんだけど、店のみんながそんなこと言うから、もう気になってしょうがなかったの」

「ばかだね、私は君のほかに誰も相手にはしないよ」

うそには、心が痛んだ。

「だったら私にもっと優しくして」

言うなり達夫に抱きついてきた。ここは、彼女にママとのことがばれないように応じるより仕方がない。

「どうだい、満足できた?　これで君だけだということがわかったろう」

彼女に尋ねると息絶え絶えに、

「意地悪、今そんなこと聞かないで」

と達夫の胸に顔を埋めてきた。うそを重ねるしかない、と覚悟を決めた。

「ね、今夜ここに泊まってもいい?」

「だめだよ。朝に帰ったら誰かに見られて、今後おたがいに行き来出来なくなるよ」

「どうしてもだめ？」

「二人の関係を続けたかったら、僕の言うことを聞いて今夜は帰ってよ」

「だって、こうやってあなたと二人でいつまでもいたいの」

「そんなわがまま言わないで、いつだって会おうと思えば会えるじゃないか。今日の君は少し変だよ」

「変でも何でもいいの、私はあなたといつまでもこうしていたいの」

「しょうがないな」

「だったら泊まっていいの？」

と喚声をあげた。

「やっぱりだめだよ」

と言い、彼女を優しく抱き寄せた。

こんなこともあって、二人の瓦屋根の上を行き来する散歩が多くなっていった。

ある晩、夕方まで雨が降っていて瓦屋根が滑りやすくなっている時、彼女が達夫の部屋に来たいと言う。雨の降った後だからだめだと言うのに、強引に両手をつきながら渡り出した。

案の定、途中で足が滑り、思い切り両膝を瓦屋根の上についた。大きな音がしたと思ったら、下の人が裏木戸を開ける音がした。達夫は慌てて彼女の手を引っぱって部屋の中に引きずりこんで、窓の下に彼女を隠した。

「何が落っこちたんだろう。暗くて何も見えないわ」

「でも大きな音だったわね。下に何か落ちていない。お父さん」

隣のおかみさんが尋ねている。

「二階から猫でも落ちたのかね。それにしても大きな音だったな」

と言いながら家の中に入っていった。

「だめだって言ったじゃないか。もう少しでばれるところだったんだぞ」

「だってどうしてもあなたに会いたかったの」

「おととい会ったばかりじゃないか」

「私は毎日でも会いたいの」

「まあ、いいや。少したてば屋根も乾くだろう。それまでここにいればいい」

「うわ、うれしい。これから雨降ってくれないかな。そうしたら一晩中この部屋にいられるね」

「困った人だ、それは絶対にだめ」

「私のこと嫌いなの？」

「嫌いとか好きで言っているんじゃないよ」

「だったらどうしてだめなの」

「いいかい。さっき、下の人が出てきたろう。音をずっと気にしているかもしれないじゃないか」

「じゃ、今晩はここに泊まっていくわ」

「また変なこと言い出した」

「変なことなんか何もないわ」

「大いにありだ。よく聞いてよ。君が今晩この部屋に泊まったとして、明日どう

やって自分の部屋に帰るんだ」

「屋根を渡って帰るわ」

「よしてくれよ。そんなこと出来るわけないじゃないか。公園に散歩に来た人に見られたらどうなるの。今まで誰にもわからずに出来ていた我々の散歩道もなくなってしまうんだよ。それでもいいのか」

「いや、会えなくなったら、私、だめになっちゃう」

「だったら、今日は誰にも気づかれないように、下の家がまだテレビでも見ていて騒がしいうちに部屋に戻るんだね」

「意地悪！　どうしても私がこの部屋にいたら邪魔なのね」

「僕だっていつまでも君と二人でいたいよ」

彼女はいきなり達夫にまとわりついてきた。

「ねえ、抱いて」

達夫は彼女の気持ちが痛いほどわかるので優しく、そして激しく応えた。

彼女は行為が終わると、殊勝に、

「私、帰ります」

と言い、身繕いをして今度は瓦屋根の上を音がしないようにそっと帰っていった。

それから半月ほど達夫は出張に出ていてずいぶんと家を空けていたので、大家さんとママの店に土産を持って帰った。

「おじさん、これお土産」と渡してから、「隣にもあるので渡してきます」とママの店に行った。

「こんばんは」

「おや、若いの。久しぶりじゃないか。どこかに行っていたのかい」

「ええ、ちょっと」

「あら、いらっしゃい。久しぶりね」

ママの顔がポッと明るくなった。以前のような不機嫌さはなく、お客たちと一緒に騒いでいたらしい。達夫がお土産を渡すと、

「ありがとう。頂いていいの？」

「どうぞどうぞ。ママにと思って買ってきたんですから」

「遠慮なく頂くわ」

「お安くないね、坊や。おれたちのはないんかね」

「旦那、これをみんなで頂きましょうよ。坊や、いいわよね」

「どうぞどうぞ、ママさんさえよかったらみなさんで召し上がってください」

「そういえば階上《うえ》の妙ちゃんにしばらく会ってないな。ときどき来てる？」

「あら、知らなかったの？　あの子、引っ越したわよ」

胸がドキンと鳴った。だが、ママには平静を装わなくてはならない。

「へえ、急だね。いつですか？」

「おとといの日曜日」

どこに引っ越したか聞きたかったが、未練がましくしたくなかったし、ママに変に勘ぐられるのも癪だから聞こうとしなかったら、

「あなたたち、あんなに親しくしていたのに、そんな話していなかったの」

「親しくしていたって、この店での飲み友達だっただけで、それ以上のこと何にもなかったですから」

「そうかしら。どこかで二人でデートしていたんじゃないの？」

「ママの考え過ぎですよ」

「あら、私って少し変だわ。嫉妬していたのかしら」

「そうですよ。僕たち、何もなかったんですから」

でも、どうして急に越していったのだろうか。何か相談があっていいはずである。今、思えば、最後に会った夜、執拗に達夫に絡んできていた。あの時にはもう越していくことを決めていたのだろうか。

よく考えてみると「妙ちゃん」という名だけは聞いていたが、本名を聞いたことはないし、あの子がどこの会社に勤めていてどんな仕事をしていたのか、一度も話してくれたこともない。二人でいる時は、ただの世間話だけで、これといった込み入った話はしなかったような気がする。彼女がどこの誰なのかまったくわからないままの瓦屋根の散歩は、突然の別れであった。

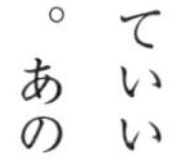

著者プロフィール
国本 親正（くにもと しんしょう）
1938年（昭和13）年生まれ、栃木県宇都宮市出身。

ふるさと　四季のまつり

2002年7月15日　初版第1刷発行

著　者　国本 親正
発行者　瓜谷 綱延
発行所　株式会社文芸社
〒160-0022　東京都新宿区新宿1－10－1
電話03-5369-3060（編集）
03-5369-2299（販売）
振替00190-8-728265

印刷所　株式会社平河工業社

ISBN4-8355-4035-2 C0093